KB131126

시소 인생

시소 인생

강주원 산문집

비
로
소

현실과 이상

현재와 미래

타인과 나

그 사이, 어딘가

현실과 이상 사이

우리네 인생

좋아하는 일을 하기 위해
싫어하는 일도 견뎌내야 한다지만,
싫어하는 일을 견디는 동안
좋아하는 일이 점점 희미해지는,
우리네 인생.

당연한 삶에 대한 기준

휴학은 최대한 줄이고 대학을 빨리 졸업하는 게 좋다고 생각했다. 빨리 졸업하고 대기업에 취업하는 게 옳다고 생각했다. 취업해서 받은 월급을 아끼고 아껴 아파트를 사고, 늦어도 서른 중반에는 결혼해야 한다고 생각했다. 그게 마땅한 삶이라고 생각했다. 이 굴레 안에서 최대한 빨리 나아가는 게 당연한 삶이라고 생각했다. 모두가 그렇게 말했기 때문이다.

그런데 그 당연한 삶을 사는 게 쉽지 않았다. 대학을 졸업하고 취업은 했지만, 퇴사를 밥 먹듯이 했다. 아파트는커녕 서울에 작은 집 한 채 사는 것도 비현실적으로 느껴졌다. 이 상태라면 결혼하고 가정을 꾸리는 게 불가능한 일 같았다. 미래는 불투명하고, 불투명한 미래는 날 불안하게 만들었다.

그래도 난 운이 좋았다. 당연한 삶을 거부한 사람들을 만났기 때문이다. 대학을 나오지 않고도 장사를 하며 행복하게 사는 사람을 만났고, 취업 대신 자신이 원했던 사업을 하면서 누구보다 열정적으로 사는 사람을 만났고, 집 없이도 전 세계를 집 삼아 여행하는 사람을 만났다.

모두가 당연하다고 말하는 것이 그들에겐 당연하지 않았다. 당연한 삶에 대한 각자의 기준은 다르다는 것, 어느 하나 틀린 기준은 없다는 것을 알게 됐다. 그러자 신기하게 불안이 줄어들었다.

모두가 당연하다고 말하는 것이
나에겐 당연하지 않다는 걸 깨달았을 때,
나는 불안하지 않을 수 있었다.

버텨야 하는 것과 버티지 말아야 할 것

어렵게 입사한 첫 회사에서 두 달 만에 퇴사했다. 마음을 바로잡고 들어간 두 번째 회사에서도 두 달을 제대로 못 버티고 퇴사했다. 이후에 들어간 비영리 단체에서는 석 달을 채 못 버티고 그만뒀다. 이렇게 보면, 난 참 버티는 능력이 없는 사람이다.

청년의 고민을 나누는 커뮤니티를 만들었다. 이 일을 통해서 돈 한 푼 벌지 못했지만, 14년도부터 지금까지 지속해오고 있다. 대학생 시절, 복잡한 내 생각을 정리하기 위한 수단으로 썼던 글은 서른이 넘은 지금까지 쓰고 있다. 덕분에 몇 권의 책을 출간했고, 그 과정에서 3년 전에 출판사를 하나 만들었다. 홀로 출판사를 운영하느라 어려움은 있지만, 여전히

즐겁게 운영하고 있다. 이렇게 보면, 난 버틸 만한
일엔 제법 버티는 오기가 있는 사람인 것 같다.

나는 버티지 못하는 사람이다.
내 가치와 맞지 않는 일은.
나는 잘 버티는 사람이다.
내가 가치 있다고 생각하는 일은.

무작정 버티라는 주변의 말을 들었다면, 아무런 기
준 없이 그저 버티기만 했다면, 내 삶은 지금과 전혀
달랐을 것이다. 그리고 그 삶이 타인의 눈엔 어떨지
모르겠지만, 내 기준엔 꽤 퍽퍽한 삶이었을 것이다.

버티라는 말을 따라 무작정 버틸 필요 없다. 내가 가
고자 하는 길과 정반대의 길이라면, 과감히 버릴 수
도 있어야 한다. 반면, 빨리 포기하라는 주변의 말을
따라 내 길을 포기할 필요도 없다. 내가 원하는 길이
라면 이를 악물고 버티기도 해야 한다.

버텨야 하는 것과,

버티지 말아야 할 것을 구분하는 것.

과거의 나에게 큰 숙제였고,

지금의 나에게도 여전히 복습할 주제다.

불면증의 원인

꽤 오랜 시간 동안 불면증에 시달린 적이 있다. 자다
가 아무 이유 없이 한 시간 단위로 눈을 떴다. 아니,
갑자기 눈이 떠졌다는 게 정확한 표현일 것이다. 아
무리 잠을 많이 자도 잠을 잔 것 같지가 않았다. 별
로 대수롭지 않게 생각했다. 요즘 컨디션이 좋지 않
네, 라고 생각했다. 하지만 불면증에 악몽까지 겹치
고 나서야 내 상태가 정상이 아니라는 걸 깨달았다.
그런데 이 불면증은 다니던 회사를 그만두자 장난처
럼 사라졌다.

그때의 난, 내일이 두려웠다. 출근이 두려웠고, 회사
의 분위기가 두려웠고, 내 길이 아니란 걸 알면서도
어쩔 수 없이 걷고 있는 내 현실이 두려웠다. 오늘

밤을 보내는 게 두려워 붙잡고 싶었지만, 어쩔 수 없이 내일을 맞이해야 하는 상황이 두려웠다.

자다가 눈을 떴는데 아침이 아니면, 아직 출근하지 않아도 된다는 사실만으로 안도했다. 안도의 한숨을 내쉬고 다시 잠을 청했지만, 내일에 대한 걱정과 두려움 때문에 잠들지 못하는 걸 반복했다. 오늘이 가지 않길 바랐고, 내일이 오지 않길 바랐다.

내일에 대한 두려움.
그게 불면증의 원인이었다.

그저 그만둔다는 선택

과거의 나는 무언가를 그만둘 때, 내가 그만둘 수밖에 없었던 이유를 합리화하곤 했다. 합리화를 위해가장 많이 사용했던 문장은 '어쩔 수 없었다.'였다. 그리고 그 이유를 사람들에게 설명하곤 했다. 내가그만둘 수밖에 없었던 이유를 타인으로부터 인정받으려 했다. 그래야 맘 편히 무언가를 그만둘 수 있었기 때문이다.

지금 생각해보면 무엇을 위해 그랬나 싶다. 결국, 어쩔 수 없는 상황이든, 어떻게 해볼 수 있는 상황이든, 어떤 상황에서든, 내가 그만두기로 선택한 것이었다. 굳이 내 선택을 타인으로부터 인정받을 필요도 없었고, 굳이 선택의 근거를 찾아 타인에게 설명할 필요도 없었다.

단순히 내가 그만두고 싶어서, 내가 그만둔다는 선택을 한 것이었다. 그렇게 간단한 걸, 왜 굳이 복잡하게 만들어 타인에게 설명하려 했는지 모르겠다.

그것만으로도 충분하다

누구나 거대한 목표를 가질 필요는 없다. 매일, 아주 작은 목표를 성취해나가는 것만으로도 충분하다. 매일 한 시간씩 산책한다거나, 매일 10분 동안 명상을 한다거나, 매일 사랑하는 사람 한 명에게 연락한다거나. 이렇게 매일, 작은 목표를 성취하는 과정에서 누군가는 삶의 의미를 찾기도 하는 거니까.

누구나 원대한 꿈을 꿀 필요는 없다. 생각만 해도 미소를 짓게 만드는, 남에겐 사소할 수 있지만, 나에겐 소중한 꿈을 품는 것만으로도 충분하다. 사진으로만 보던 시애틀의 〈Pike Place Market〉을 몇 년 내에 간다는 꿈을 품거나, 그동안 저장해두었던 맛집을 모두 정복한다는 꿈을 품거나, 예전부터 가고 싶었던 국내의 여행지를 사랑하는 사람과 여행한다는 꿈을 품거나. 이런 사소하지만 소중한 꿈이 삶에서 도피하고 싶은 누군가에게 삶의 이유를 가져다줄 수도 있는 거니까.

큰 목표를 향해 달려갈 때 가슴이 뛰는 사람도 있지만, 작은 목표를 성취하면서 삶의 의미를 만들어가는 사람도 있다. 큰 꿈을 품었을 때 가슴이 뛰는 사람도 있지만, 작고 소중한 꿈을 품으면서 삶의 의미를 빚어내는 사람도 있다. 남들처럼 큰 목표를 성취하지 못했다고 해서 상대적 박탈감을 느낄 필요는 없다. 남들처럼 큰 꿈이 없다고 해서 초라해질 필요 없다. '남들처럼'이 중요한 게 아니라 '나에게'가 중요한 거다. 남에겐 작고 사소하더라도, 나에겐 크고 소중할 수 있다면, 그걸 따랐으면 좋겠다. 그것만으로도 충분하다.

더 깊게 더 넓게

뭘 해야 할지 모르겠다는 사람들에게 추천하는 게 있다. 독서와 여행이다. 방구석에서 독서만 하면 편협해질 수 있고, 독서 없이 여행만 하면 가벼워질 수 있다. 독서와 여행이 짝을 이뤄야 하는 이유다.

독서를 하면 생각이 깊어진다. 독서하고 사색하는 과정에서 나 자신에게 끊임없이 질문을 던지게 된다. 그 질문은 삶을 바라보는 시야를 넓혀주고, 전에는 볼 수 없었던 새로운 것을 볼 수 있도록 도와준다. 전과 같은 것도 전혀 다른 시각으로 바라볼 수 있는, 새로운 눈을 선물한다.

사실 독서가 궁극에 달하면, 여행이 필요 없을지도

모른다. 하지만 그건 보통의 영역이 아니다. 그래서 여행이 필요하다. 독서를 통해 넓어진 시야와 함께 여행을 떠나, 직접 만나고 느끼고 경험하면서 그동안 몰랐던 나를 새롭게 발견하는 것이다. 과거의 나를 깨고, 새로운 나를 만나는 것이다.

무작정 독서만 하다간 책 안에 갇힐 수 있고, 무작정 여행만 하다간 추억팔이로 끝날 수 있다. 깊은 독서를 통해 나 자신을 끊임없이 탐구하고, 폭넓은 여행을 통해 새로운 나를 발견하라는 것. 더 깊게 읽고 더 넓게 여행하라는 것. 그게 뭘 해야 할지 몰라 방황하던 과거의 내게 권해주고 싶은 것이다.

뻔하지만 반복해서 꺼내게 되는 말

남들보다 속도가 느려 고민이었다. 주변을 둘러보면 다들 어딘가로 열심히 달려가고 있었다. 그런 그들을 보며 불안하지 않았다면 거짓말이겠지만, 내가 어디로 향하는지도 모른 채 뛰고 싶지는 않았다.

그들과는 다른 속도로 천천히 걷다 보니 두 갈래 길이 나왔다. 하나는 나보다 빨리 달리던 사람들이 이미 지나간 길이었고, 다른 하나는 사람들의 발자국을 찾기 힘든 길이었다. 나는 후자를 택하기로 했다.

그 길이 쉽지는 않았다. 길은 험했고, 어디까지 걸어야 하는지도 몰랐다. 그래도 그 길에서 가끔 나와 비슷한 사람들을 만나 서로의 가치관도 공유하고, 뜻밖의 기회도 발견하면서 계속해서 걸었다.

시간이 좀 더 흐르자 나를 앞질러 뛰어갔던 사람들
이 나에게 고민을 꺼내기 시작했다. 그냥 달리라고
해서 계속 달렸는데 내가 왜 달리고 있는지 이유를
찾지 못하겠다고. 너무 지치고 힘들어서 다시 돌아
왔다고. 처음부터 다시 걷고 싶다고.

속도가 느려 고민인 사람들에게, 뻔하지만 이런 말
을 해주고 싶다. 속도보다 중요한 건 방향이라고. 짧
게 보면 속도가 빠른 사람이 이기지만, 길게 보면 자
신의 방향을 잘 설정한 사람이 이기는 거라고.

끊임없이 창조하는 삶

도전에 두려움이 없는 사람의 특징이 있다. 잃을 게 많지 않다거나, 잃을 게 있더라도 그것과 비교되지 않을 만큼 무언가를 간절히 원한다는 것이다.

난 잃을 게 그다지 많은 사람이 아니었다. 그래서 무언가를 쉽게 시작하곤 했다. 실패한다고 하더라도 별로 잃을 게 없었기에 가볍게 뛰어들 수 있었다.

하지만 내가 많은 걸 손에 쥐고 있었다면, 이처럼 쉽게 도전하지는 못했을 것이다. 아마 도전하는 삶보다 지키는 삶을 살지 않았을까 싶다. 지금까지 해왔던 모든 노력과 성과를 뒤로 하고 새로운 일에 뛰어들기 위해선 더 큰 용기가 필요하기 때문이다.

지금 가지고 있는 것을 과감히 내려놓고, 새로운 삶으로 나아가는 사람을 동경하는 이유다. 과거의 것을 지켜나가는 삶 또한 멋있지만, 계속해서 새로운 것을 창조하는 삶에 더 마음이 간다. 어떤 선택이 됐든 과거에 얽매이지 않고, 자신이 원하는 삶을 매번 스스로 선택하며, 자신만의 삶을 창조하는 사람을 응원하게 된다. 그들의 삶을 보며 나 또한 그런 삶을 살리라, 다짐하게 된다.

그만둘 수 없는 것과 그만두게 되는 것

아무리 좋아하는 일이라도 지치고 힘들어 모든 걸 그만두고 싶을 때가 있다. 하지만 쉽사리 그만둘 수는 없어 머리가 복잡해질 때가 있다. 그럴 때 나는 이 일을 '왜' 시작했는지 떠올린다. 일을 시작한 이유에만 집중한다. 그럼 내가 나아가야 할 방향이 신기하리만큼 선명해진다.

이유가 명확한 일은 그 무게가 무거울지라도 쉽게 내려놓을 수 없다. 순간의 고통을 견뎌야겠다는 다짐을 하게 되고, 지금의 위기는 곧 지나갈 거라는 믿음을 갖게 된다. 결국, 제자리를 다시 찾게 된다.

반면, 위기를 맞으면 다 내려놓게 되는 일이 있다.

일을 시작한 이유를 찾기 힘들 때다. 이유가 있다 하더라도 그 무게가 너무 가벼울 때, 어느 순간 수단이 목적을 넘어서는 바람에 애초의 목적이 희미해졌을 때다. 결국, 버팀의 의미를 찾을 수 없어 손에 힘을 빼고 쥐고 있던 것을 놓아버리게 된다.

이유가 명확한 사람들은 잘 견딘다. 아무리 일이 힘들어도 이유가 명확하다면 견딜 힘이 생기기 때문이다. 이유가 불분명한 사람들은 쉽게 지친다. 견딜 힘이 부족하기에 작은 일에도 쉽게 그만둔다. 또는 부유하는 배처럼 떠다니며 그만둘 이유를 찾게 된다.

일의 이유가,
일의 지속성을 만든다.

완벽한 일치에 대한 욕심

과거의 나는 완벽한 직장을 찾기 위해 방황했다. 대학을 졸업하기 전까지만 해도 나에게 딱 맞는 직장이 있을 거라는 생각을 의심하지 않았기 때문이다. 연봉, 복지, 비전 등 내가 원하는 것과 정확히 일치하는 직장이 그 어딘가엔 있을 거라는 믿음이 있었다.

인간관계 또한 그랬다. 내 성격, 가치관, 이상향 등 나와 완전히 일치하는 사람이 있을 거라고 생각했다. 하지만 이제는 안다. 과거의 그 믿음은, 내 이기적인 욕심이 만들어낸 허상이었다는 것을.

모든 조건이 만족스럽길 바라는 건, 어리석은 일이

라는 걸 배웠다. 하나가 만족스러우면 하나가 불만
족스러운 게 당연하다는 걸 배웠다. 때론 불만족스
러운 부분을 인정하고, 어느 정도는 내가 양보해야
한다는 걸 배웠다. 여전히 그걸 받아들이는 게 어려
운 일이지만, 최소한 그게 당연하다는 건 이제 안다.

과거의 나는 왜 그렇게 욕심을 부렸을까. 나라는 인
간 자체가 불완전한 사람인데, 왜 외부에는 완전한
것을 요구했을까. 불완전한 것과 불완전한 것이 만
나 서로를 이해하기 위해 노력하며 완전을 추구해나
가는 게 마땅한 지향점인 것을.

목적으로서의 일

우리가 흔히 말하는 '일'은 무언가를 위한 수단일 가능성이 크다. 돈을 벌기 위한, 부모님의 만족을 위한, 타인에게 내 가치를 증명하기 위한, 무언가를 얻거나 증명하거나 보여주기 위한 수단.

하지만 누군가는 자신이 하는 일을 수단이 아니라 목적 그 자체로 여기기도 한다. 그들은 돈을 벌기 위해서가 아니라, 누군가에게 보여주기 위해서가 아니라, 그냥 그 일을 하는 것 자체에서 보람을 느낀다.

아마, 곰곰이 생각해보면 당신의 인생에서도 그런 일을 한 번쯤은 만났을 것이다. 아직 만나지 못했다면, 앞으로 한 번쯤은 꼭 찾아올 것이다. 그러나 그 일을 지켜내기란 쉽지 않을 것이다. 안타깝게도 그런 일은 수단으로서의 가치가 형편없을 확률이 높기 때문이다.

나 또한 그랬다. 이것만 하면서 살면 평생 행복할 수 있겠다, 고 생각했던 일은 수단으로서의 가치가 형편없었다. 내게 돈을 안겨주지도 않았고, 부모님을 자랑스럽게 할 만한 일도 아니었으며, 타인에게 인정받기 어려운 일이었다. 내가 얻는 건, 그저 그 일을 하면서 느끼는 행복감이 전부였다.

하지만 눈으로 보이지 않는, 실체가 없는 행복감은 타인을 설득할 수 없었다. 그래서 나이를 먹어갈수록 돈이 안 된다는 이유로 남들에게 질타를 받았다. 타인의 끊임없는 질타에 때론 그만두고 싶었고, 버티는 게 지쳐 다 내려놓고 싶기도 했다. 그러나 그따위 이유로 그만두지 않았다. 오히려 이건 내 수단이 아니라 목적이다, 라며 소리를 높였다. 그렇게 '목적으로서의 일'을 지켜왔다.

그 일은 여전히 수단으로서의 가치를 지니지 않는
다. 하지만 내게 그 이상의 가치를 안겨줬다. 그 일
이 주는 행복감, 그 하나만으로 나는 많은 것들을 이
겨낼 수 있었다. 그 일 자체가 곧 돈이 되지는 않았
지만, 그것으로 인해 파생된 수많은 것들이 내게 새
로운 기회를 가져다줬다. 그리고 그 기회는 결국, 나
를 질타하던 타인이 그토록 중요하게 생각하는 돈이
라는 수단을 가져다줬다.

수단으로서의 일은 어느 곳에서나 만날 수 있다. 하
지만 목적으로서의 일은, 일생에 한 번 만나기도 어
려운 일이다. 당신에게 그런 일이 찾아왔다면 놓치
지 않길 바란다. 수단으로서의 가치를 지니지 못했
다고 해서, 타인에게 인정받지 못한다고 해서, 가치
없는 일이라고 착각하지 않았으면 한다. 하지 말아
야 할 수많은 이유보다 해야만 하는 단 한 가지 이유

에 집중하길 바란다. 한 가지 이유 즉, 일 자체에서
얻는 '행복'이 당신의 삶을 살아 숨 쉬게 해줄 테니
까.

좋아하는 일을 하지 않아도 실패할 수 있다면

한 남자가 있었다. 자신이 하고 싶은 일이 있었지만, 가정을 책임지기 위해 안정적이라고 생각했던 회계사를 직업으로 택했다. 하지만 51세의 나이에 회사에서 잘리고, 그의 가족은 길거리에서 노숙 생활을 하게 된다. 그는 영화배우 짐 캐리의 아버지였다.

짐 캐리는 그의 아버지를 회상하며 이렇게 말했다. "자기가 좋아하는 일을 하면서도 실패할 수 있지만, 자기가 좋아하지 않는 일을 하면서도 실패할 수 있어요. 그럼 무엇을 택할지, 답은 정해져 있는 거 아닌가요?"

워낙 유명한 이야기라 알고 있었지만, 〈짐과 앤디〉

라는 다큐멘터리에서 그의 목소리로 직접 들으니 울림이 달랐다. 좋아하는 일을 해도 실패할 수 있고, 좋아하지 않는 일을 해도 실패할 수 있다면, 당신은 어떤 삶을 택할 것이냐 묻는 그의 말이 머릿속에 맴돌았다.

어쩌면 우리는 실패를 피하기 위한 삶을 살아가고 있는지도 모른다. 실패하지 않기 위해 안정적이라고 생각하는 길을 택하고, 실패하지 않기 위해 다수가 걸었던 길을 따라가고, 실패하지 않기 위해 사회에서 옳다고 말하는 길을 택한다. 실패하지 않기 위해 내가 좋아하는 일을 포기한다.

하지만 실패를 피하고자 택했던 그 모든 길이 되려 나에게 실패를 안겨줄 수 있다면, 좋아하는 일을 포기하면서 택한 그 길이 나에게 실패를 안겨줄 수 있다면, 나는 여전히 그 길을 택할 것인가?

"그럼 무엇을 택할지, 답은 정해져 있는 거 아닌가
요?"라고 묻던 그의 목소리가 답을 대신해주는 것만
같다.

좋아하는 일이 업이 된다는 건

내가 좋아하는 일이 업이 된다는 건, 내가 좋아하던
일을 전과 같은 감정으로 대할 수 없다는 것과 같은
말이다.

좋아하는 일이 업이 된다는 건, 마냥 좋아할 수 있었
던 삶에서, 그저 좋아하기는 힘든 삶으로 나아간다
는 것을 의미한다.

좋아하는 일을 하며 살라는 말

좋아하는 일을 하며 살라는 말이
좋아하는 일만 하며 살라는 말은 아니다.

좋아하는 것을 하기 위해서는
때론 하기 싫은 일도 견뎌내야 하고,
좋아하는 것을 지키기 위해서는
때론 무거운 책임을 짊어져야 한다.

좋아하는 것을 추구하는 기쁨의 크기만큼이나
그에 따르는 고통의 크기도 큰 법이다.

그럼에도 불구하고 그 고통을 견뎌내는 삶.

자신이 좋아하는 걸 하기 위해
때론 싫어하는 것도 감수하는 삶.

그게 좋아하는 일을 하며 사는 삶의
진짜 의미가 아닐까.

어느 회계사의 강의

어느 회계사의 강의를 들었다. 그는 초봉이 상승할 때, 남들보다 진급이 빠를 때 미래의 자산이 어떻게 변할 수 있는지 엑셀 프로그램을 이용해 보여주겠다고 했다. 그걸 엑셀을 이용해 그래프로 보여줄 수 있다는 게 놀라웠다. 그런데 그 결과는 더 놀라웠다. 초봉 또는 진급 연도에 데이터를 바꿔서 입력해도 결과의 변화는 거의 없었다. 그래프 폭의 변화가 미미해 눈치채기 힘들 정도였다.

하지만 차를 사지 않았을 때, 아이를 가지지 않아 양육비가 들어가지 않을 때, 그 비용을 다른 곳에 투자했을 때는 달랐다. 그래프가 요동칠 정도로 큰 변화가 있었다. 시간이 미래로 갈수록 변화의 폭은 더 커졌다.

충격이었다. 연봉이 높은 직장에 들어가기 위해 청
춘을 바치다시피 하고, 직장에 들어가서는 진급을
위해 피 말리는 싸움을 하며 살아가는 게 보통의 삶
일 텐데, 인생 전반적으로 봤을 땐 그런 요소들이 삶
에 큰 영향을 미치지 못한다는 사실이 충격이었다.
그것들을 위해 노력하고 경쟁하고 스트레스를 견디
며 살아가는데, 그렇게 쏟는 비용에 비해 결과는 거
의 변화가 없다는 사실이 충격이었다. 좋은 직장, 높
은 연봉, 빠른 진급과 같은 것들이 꼭 성공의 필수
조건은 아니라는 걸 알고는 있었지만, 아주 미세하
게 변동하는 그래프의 움직임을 보니 허탈함이 느껴
질 정도였다.

나는 내가 중요하다고 생각하는 게 아니라 사회에서
중요하다고 말하는 것에 너무 과한 에너지를 쏟으며
살아온 건 아닐까. 사회에서 중요하다고 말하는 것

이 내게 얼마나 중요한 것인지 왜 따져보지 않고 그대로 믿어버렸던 걸까. 중요하지 않은 것에 에너지를 뺏겨 정말 중요한 걸 놓치고 살아온 건 아닐까.

선언의 이유

나는 바라는 게 있으면 주변에 선언하는 편이다. 꿈
이 있다면 꿈을 말하고, 이루고 싶은 게 있으면 이루
고 싶은 걸 말한다. 바라는 게 크면 클수록 내가 바
라는 걸 주변 사람들에게 알린다. 내가 원하는 걸 드
러내는 게 창피하다고 생각하지 않고, 비록 허무맹
랑한 꿈일지라도 당당히 말하려 한다.

선언하는 순간 행동하게 되기 때문이다. 생각하는
것만으로는 아무것도 이루어지지 않는다는 걸 알고
있기 때문이다. 다수의 사람은 내 선언을 무시할지
라도 분명 누군가는 듣기 때문이다. 그중 대다수는
듣고 지나칠 테지만 누군가는 손을 뻗어 내 손을 잡
아주기 때문이다.

혼자서 행동하는 것보다 내 진심을 알아주고 손을
잡아준 사람들과 함께 움직이는 게, 내 꿈에 조금 더
일찍 닿는 방법이라는 걸 알고 있기 때문이다.

태도를 바꾸기 힘들다면

모두가 힘들 거라고 말하는 회사에 들어가기로 했
다. 나는 다를 거라고, 힘든 환경에서도 그것을 받아
들이는 태도를 달리한다면 괜찮을 거라고 생각했다.
환경은 나를 부러뜨릴 수 없다고 생각했다. 하지만
역부족이었다. 이를 악물고 버텨보려 했지만, 밀려
오는 시련에 잠겨 숨을 쉬기가 힘들 정도였다. 환경
을 바꿀 순 없으니 환경을 받아들이는 나의 태도를
바꾸면 된다고 생각했다. 하지만 쉽지 않았다. 아무
리 다짐하고 합리화해도 소용없었다. 결국, 나는 그
환경에서 도망치고 말았다.

인간은 직접 경험하기 전엔 깨우치지 못한다고 했
던가. 나는 어떠한 환경에서도 생존할 수 있는 사람

이 아니라는 걸 깨달았다. 나는 그 정도로 강인한 사람이 아니었다. 아마 그때 다짐했을 것이다. 나를 죽이는 환경을 피하고 내가 숨 쉴 수 있는 환경을 찾아 나서자고. 정 그런 환경이 내게 주어지지 않는다면, 내가 그런 환경을 창조해 나가자고.

그 후로 내 다짐대로 살아왔다. 모든 곳에 나를 끼워 맞추고자 노력하지 않았다. 아니라고 생각하면 회피했고, 옳다고 생각하면 머물렀다. 나만을 위한 새로운 환경을 스스로 만들기도 했다. 그래도 아무 문제 없었다. 나와 맞지 않는 곳에서 억지로 내 태도를 바꾸려다 나 자신을 잃어버리는 삶을 살지 않아도, 그래도 삶은 굴러갔다.

왜 나를 죽이는 환경을 견뎌내야 살아남는다고 생각했는지 모르겠다. 왜 잘 사는 방법이 아니라 살아남는 방법만 생각했는지 모르겠다. 모두가 버티라고 말해서 그게 당연하다고 생각했던 당시의 나에게,

누군가가 이렇게 한 마디만 해줬다면 생각을 달리하
지 않았을까.

"네가 처한 환경을 받아들이는 태도를 바꾸기 힘들
다면, 도저히 바꿀 수 없을 것만 같은 환경에 처해있
다면, 너의 태도가 아니라 환경을 바꾸는 것도 하나
의 방법이야."

나를 죽이는 환경에서 벗어나는 것도,
하나의 길 아닐까.

미니멀리즘

미니멀리즘을 참 좋아한다. 예전부터 쓸데없는 것을
버리면서 큰 희열을 느꼈다. 쓰지 않는 그릇, 읽지
않는 책, 1년 가까이 입지 않는 옷을 버리면, 마음이
홀가분해졌다. 나중에야 미니멀리즘이란 단어가 유
행했고, 그제야 내가 미니멀리스트에 가까운 사람이
라는 걸 알았다.

이런 내 성격은 물건 뿐만 아니라 일에도 해당된다.
내가 해야 할 중요한 일 외에 잡다한 일이 늘어나면,
어느 하나에도 제대로 집중하지 못한다. 내 본업과
벗어난 일이 많아질수록, 이도 저도 아닌 상태가 돼
버린다. 그럴 때 나는 내 본업이 무엇인지 확실히 하
고, 그 중심에서 벗어난 일을 하나씩 쳐낸다. 그리고

중요한 뿌리만 남겨둔다. 그게 내 삶에 도움이 되는
지는 잘 모르겠다. 하지만 적어도 마음은 편하다.

한번은 이사를 위해 트럭이 아니라 공유 차량을 빌
린 적이 있다. 9인승의 승합차에 모든 짐을 다 넣었
다. 이게 가능한 일인가 싶겠지만, 좌석을 모두 접으
니 충분했다. 그리고 승합차 한 대로 간편하게 이사
를 마쳤다. 지금은 트럭 한 대 정도는 필요하겠지만,
골자는 같다. 중요하지 않은 것은 버리고, 중요한 것
만 남겨두며 사는 것이다.

앞으로도 그렇게 살아가고 싶다. 트럭 한 대에 모두
실을 수 있을 만큼의 물건과 일과 사람만 남겨두고
싶다. 중요하지 않은 것들 때문에 소중한 것을 잃어
버리는 삶을 살고 싶지 않다. 내 곁에 있는 소중한
것을 챙길 수 있는 사람이 되고 싶다.

잘 맞지 않는다는 변명

회사가 나와 맞지 않아서 퇴사하고 싶다는 사람, 성격이 맞지 않아서 이별하고 싶다는 사람, 무언가와 맞지 않아서 그만두고 싶다는 사람의 고민을 듣는다. 그런 고민을 들으면 안타깝다는 생각도 들지만, 도대체 완벽히 맞는 일이 세상에 어디 있을까, 그만두고 싶은 이유가 정말 맞지 않아서일까, 라는 생각도 든다.

직장을 오래 다니는 친구도, 오랜 시간 잘 만나는 커플도, 완벽히 잘 맞는 건 아니었다. 가끔은 잘 맞지 않아 삐걱거리기도 하고, 힘든 상황이 생겨 모든 걸 놓아버리고 싶은 순간이 오기도 하지만, 이해하고 노력하며 잘 견뎌내는 것이었다. 그 이유는 간단했다. 그만둘 수 없을 만큼 그것을 좋아하거나, 그럼에도 불구하고 견뎌야 할 이유가 확실하니까.

우리는 누군가 또는 무언가가 지겨워서 더는 함께하기 싫다는 마음을 '잘 맞지 않는다'는 말로 대신하고 있는 게 아닐까. 더는 나아갈 이유를 찾기 힘들어 그만두고 싶은 마음을 '잘 맞지 않는다'는 말로 대신하고 있는 게 아닐까.

무기력하다면

가끔은 나도 무기력해질 때가 있다. 아무것도 하고 싶지 않은 마음이 가시질 않고, 온종일 과거의 추억에만 잠겨 있을 때가 있다. 보통 이런 무기력함은 기대했던 일이 기대만큼 풀리지 않을 때 찾아온다. 또는 새로운 것 없는 일상이 반복될 때 그렇다.

어떤 이유에서든 나에게 무기력함이 찾아왔다는 걸 알아채면, 나는 가만히 있지 않는다. 나를 무기력한 상태로 놔두지 않기 위해 뭐라도 한다. 짧은 여행을 떠나거나, 보고 싶은 부모님을 뵙기 위해 고향에 내려가기도 한다. 당장 시작할 수 있는 러닝, 등산과 같은 가벼운 운동을 시작하기도 하고, 평소에 일하던 환경에서 벗어나 새로운 환경을 찾기도 한다. 최

대한 생각을 줄이고 몸을 움직인다. 그러다 보면 무
기력함 뒤에 숨어있던 에너지가 다시 살아나는 걸
느낀다.

무기력함은 마치 곰팡이 같은 존재라 그대로 방치되
면 걷잡을 수 없이 커질 수 있다. 그래서 더 커지기
전에 털어내려고 한다. 털어내기 위해 움직이려고
한다.

나 자신이 무기력한 상태라는 걸 인지했다면, 나 자
신을 무기력한 상태로 놔두지 않는 것. '무기력'이라
는 곰팡이를 제거하기 위한 나만의 방법이다.

와인과 달리기

올해 생긴 새로운 취미 중 하나는 와인이다. 나는 원래 와인을 멀리했다. 와인이라고 하면, 말쑥한 정장, 비싼 레스토랑, 온갖 격식을 차리며 마셔야 할 것만 같은 딱딱한 분위기가 연상됐기 때문이다. 이런 편견이 생긴 이유는 나도 잘 모르겠다. 그러나 다행히도 한 유튜브 채널이 나의 편견을 깨줬다. 〈와인킹〉은 '마스터 오브 와인'을 스승으로 삼는 한국인이 운영하는 채널이다. 그 채널엔 허세 대신 재미와 진심이 있었다. 나는 사람 냄새 풍기는 그들의 매력에 빠져 애청자가 됐다. 그리고 자연스레 와인을 마셔보고 싶다는 생각이 들어 근처 마트에서 저렴한 와인을 구매했다. 처음에는 이게 뭔가 싶었는데, 병이 하나둘 쌓일수록 조금 알 것 같은 기분이 들었다. 그러다 제법 와인에 재미가 붙더니 어느덧 150병에 가까운 와인을 마셨다. 이제 와인은 나와 떼려야 뗄 수 없는 관계가 됐다. 그러다 보니 요즘엔 이런 생각을 하게 된다. "1,000병 정도 마시면 나도 누군가에게 와인을 추천해주는 사람이 될 수 있지 않을까?"

그리고 달리기도 올해 생긴 새로운 취미다. 처음엔 숨도 차고, 근육도 아프고, 귀찮기도 했지만, 지금은 뛰지 않으면 이상한 기분이 들 정도로 내 일상의 큰 부분을 차지하고 있다. 처음엔 마라톤 풀코스를 뛸 수 있으면 좋겠다는 막연한 목표를 가지고 시작했지만, 사실 지금은 그 목표가 크게 중요하진 않다. 그냥 뛰면서 느끼는 공기, 땀, 풍경 등이 즐겁다. 그렇게 뛰는 걸 즐기다 보니, 얼마 전엔 쉬지 않고 30km를 뛸 수 있게 됐다. 달리기가 일상이 된 요즘엔 이런 생각을 하게 된다. "내년엔 정말 풀코스를 뛸 수도 있지 않을까?"

무기력함을 느낄 때, 난 새로운 취미를 찾는다. 그게 내 커리어와 전혀 상관없어도 괜찮다. 아니, 오히려 그게 포인트다. 극복, 열정이란 단어를 잠시 멀리하고 '그냥', '한번'이란 단어와 가까워진다. 누가 알겠는가. 그냥 재밌어서 신나게 마셔댔던 와인이 언젠간 내 업이 될 수도, 한번 뛰어볼까 하고 시작했던 달리기가 날 전혀 다른 세계로 이끌 수도 있는 일이다.

무기력하다면 날 무기력하게 만든 일을 극복해 정면 돌파하려 하기보다, 때론 시시콜콜한 취미로 시선을 돌려 보자. 여행이든, 춤이든, 운동이든, 음악이든, 뭐든 상관없다. 평소에 해보고 싶었던, 또는 한번 해보면 재밌을 것 같다는 느낌 정도면 충분하다. 그 취미가 나도 모르는 사이에 무기력함을 무찔러 줄 수도 있으니까. 그 취미가 당신의 삶에 새로운 목표를 가져다줄 수도 있으니까.

끈기가 부족해서 얻은 것

서른을 앞두고, 스무 살부터 서른까지 해온 일을 순서대로 정리해본 적이 있다. 대략 스무 개 정도 됐다. 이 중 가장 오래 다녔던 직장이 1년, 가장 짧게 다녔던 곳이 이틀이었다.

이 과정에서 가장 많이 들었던 단어는 끈기 부족이었다. 하지만 끈기가 부족해서 얻은 것도 많다. 다양한 분야를 가까이서 들여다볼 수 있었고, 다양한 사람들과 이야기 나눌 수 있었다. 그 과정에서 나 자신을 더 깊게 들여다볼 수 있었다.

상상과 현실은 일치하지 않는 경우가 많다는 사실, 어떤 일을 하느냐보다 어떤 사람과 함께 하느냐가 때론 더 중요하다는 사실도 깨달았다. 덕분에 나에게 맞지 않는 일들을 구별할 수 있었고, 경험하지 않았으면 짙게 남았을 미련을 버릴 수 있었다.

세상은 왜 모든 일에 끈기를 가지고 버티라고 말하는지 모르겠다. 왜 가치가 맞지 않아 그만두는 사람에게 낙오자라는 꼬리표를 붙이는지 모르겠다.

아직 내가 무언가를 장담하고, 증명할 수 있는 나이는 절대 아니다. 내 생각과 환경이 또 언제 바뀔지 모르는 일이다. 다만, 한 우물을 깊게 파는 게 아니라 끊임없이 새로운 우물을 찾아 나서는 모험을 해도 된다고 말하고 싶다. 인생은 내가 정말 사랑할 수 있는 단 하나의 일을 찾아 나서는 여정이라 생각하고, 더 긴 여행을 떠나도 좋다고 말하고 싶다. 끝내 그런 일을 찾지 못했다고 하더라도 그 여정 자체만으로도 충분한 삶이라고 말하고 싶다.

꿈을 이룬 이후의 삶

미국에서 한의사라는 꿈을 이뤄 살아가고 있는 삼촌
이 그랬다. 나만의 한의원을 차린다는 꿈을 이룬 지
금보다, 그 꿈을 이루기 위해 두 시간이나 떨어진 대
학을 다니며 공부했던 시절이 훨씬 즐거웠다고. 그
런데 막상 꿈을 이루고 나니 허무한 느낌이 들었다
고.

꿈이 없어 방황하던 스무 살의 나는 그 이야기를 전
혀 이해하지 못했다. 뭐가 됐든 이루고 싶은 꿈이라
도 있으면 좋겠다는 마음이었다. 하지만 서른이 넘
은 지금의 나는 삼촌의 이야기를 이해할 수 있었다.
청년을 위한 페스티벌을 준비할 때, 입이 떡 벌어질
만큼 큰 행사장을 가득 메운 사람들을 보며 내가 느

낀 감정이었다. 그토록 원하던 공간을 서울에 마련하고 운영하며 내가 느낀 감정이었다. 꿈을 향해 나아가는 과정에서는 이것만 이루고 나면 더 이상 바랄 게 없을 것 같다고 생각했다. 하지만 꿈을 이룬 이후의 감정은 사뭇 달랐다.

꿈을 이루고 나서의 공허함은 어떻게 다뤄야 할까. 꿈을 이루고 나면 또 다른 꿈을 꿔야 할까, 아니면 꿈을 이룬 지금의 삶을 감사히 여기며 만족해야 할까. 그것도 아니면 누군가의 말 대로 애초에 꿈이라는 허상을 갖지 않는 게 답일까.

인생은 꿈을 이루는 순간 끝나는 게 아니라 그 이후에도 계속해서 굴러가는 건데, 그 한순간을 위해 모든 에너지를 쏟아버리는 바람에 너무 지치는 게 아닐까. 인생은 어느 한순간을 위해 존재하는 게 아닌데, 꿈을 이루고 나서의 삶에 대해서는 너무 무관심한 게 아닐까.

다들 목표를 정해라, 꿈을 가져라, 꿈을 이뤄라, 말은 많은데 꿈을 이루고 난 이후의 삶에 대해선 잘 이야기하지 않는 것 같다. 인생은 순간으로 끝나는 게 아닌데 그 이후에 대해선 별 관심이 없는 것 같다. 무엇을 이루느냐보다 어떻게 살아가느냐가 더 중요한 것 같은데, 점점 그에 대한 논의는 줄어들고 있는 것 같다.

어느 마카롱 가게의 땀

우리 동네엔 유명한 마카롱 가게가 하나 있다. 오픈
몇 시간 전부터 사람들이 줄을 서는 곳이다. 그리고
오픈한 지 한 시간도 안 돼서 다 팔고 문을 닫는 곳
이다. 게다가 목, 금, 토, 일 딱 4일만 연다. 나도 종
종 줄을 서서 사 먹곤 하는데, 그때마다 이런 생각을
했다. 하루에 한 시간만 영업하고, 일주일에 4일만
일하는 삶이라니, 참 부럽다. 정말 완벽한 워라밸이
군.

그런데 얼마 전, 마카롱 가게 인스타그램에 한 편의
글이 올라왔다. '치료를 받아도 호전되지 않는 어깨
부상에, 위염 증상까지 겹쳐 작업 속도가 늘어지고
있습니다. 매일 새벽 3~4시에 퇴근하는 삶이 반복

되고 있습니다. 잠깐의 휴식 시간을 가져야 할 것 같습니다. 죄송합니다.'

글을 읽고 나니 괜히 숙연해졌다. 많이 팔리니까 더 많이 만들어 주시지, 그럼 손님한테도 사장님한테도 좋을 텐데, 라고 생각했던 내가 바보처럼 느껴졌다. 문을 연 후의 한 시간만 보고, 길게 늘어선 줄만 보고, 워라밸이 부럽다고 생각했던 내가 어리석게 느껴졌다. 몇 년간 쉬지 않고 그 자리를 지켜내기 위해 노력해온 사장님의 노력이 그제야 보이기 시작했다. 사람들을 줄 세울 만큼 맛있는 마카롱을 개발하고 연구하는 시간, 손님과 마주하는 1시간을 위해 준비했던 새벽의 시간을 생각했더라면 그런 바보 같은 생각은 하지 않았을 텐데.

역시 사람들에게 드러나는 찰나의 찬란한 시간은, 사람들의 눈에 띄지 않는 오랜 노력의 시간이 만들어내는 것인가 보다.

어쩔 수 없었다는 변명

예전엔 내 의지만 있으면 모든 결과를 바꿀 수 있다고 믿었다. 하지만 꼭 그렇지 않다는 걸, 세상은 계속해서 일깨워줬다.

할 수 있는 데까지 해봤는데 결과가 바뀌지 않을 때도 있었고, 최선을 다했지만 내가 원하는 결과를 얻지 못하는 경우도 허다했다. 결과는 내가 선택할 수 없는 영역이라는 걸 인정할 수밖에 없었다.

하지만 내가 온전히 선택할 수 있는 일이 있었다. 결과를 딛고 일어나 계속해서 나아갈 것인지, 결과에 짓눌려 그만둘 것인지 선택하는 일이었다. 그건 온전히 내 의지로 가능한 일이었다.

"어쩔 수 없었어."

우리는 무언가를 그만두기 전, 어쩔 수 없었다는 말
을 종종 빌려 쓴다. 하지만 이 말은, 어쩔 수 없는 상
황에서 내가 그렇게 하기를 선택했다는 것과 같은
말 아닐까.

그만둔다는 건, 결국 내가 선택한 일이다.
결과가 아무리 억울해도 변명의 여지가 없다.
굳이 내 선택에 변명할 필요가 없다.

하고 싶은데 하기 싫은

돈은 벌고 싶은데 일은 하기 싫고, 책은 내고 싶은데 바쁜 시간을 할애해 글을 쓰긴 싫고, 살은 빼고 싶은데 운동은 하기 싫고, 욕심은 생기는데 욕심을 채우기 위해 움직이기는 싫고.

살다 보면 하고 싶은데 막상 하기는 싫은, 아주 모순적인 상태에 빠져들 때가 있다. 그런 상태에서 벗어나는 방법은 간단하다.

욕심을 줄이거나,
욕심만큼 움직이거나.

감당할 수 있는 일인가

과거엔 내가 이 일을 얼마나 좋아하는지만 생각했다. 좋아하는 마음의 크기가 선택의 기준이었다. 뒷일은 생각하지 않았다. 내가 좋아할 수 있는 일이라는 생각이 들면, 일단 선택했다. 그런 선택의 기준 덕분에 감당할 수 없는 결과에 힘들어하기도 했다.

뒤늦게 책임의 무게를 깨달았다. 그때부턴 어떤 일을 시작하기 전에, 최악의 결과를 먼저 떠올린다. 그리고 내가 과연 이 무게를 견딜 수 있는지 생각한다. 충분히 감당할 수 있다고 생각하면 그 일에 뛰어들고, 그렇지 않다면 다시 생각해본다.

누군가가 책임을 생각하면 선택이 두렵지 않냐고 물

었다. 곰곰이 생각하다 오히려 선택이 쉬워졌다고
말했다. 내가 감당할 수 있는 책임의 크기를 생각하
게 되고, 실패해도 삶이 무너지지 않을 정도의 선택
을 반복하다 보니, 무언가를 시작하는 게 그리 두렵
지 않게 됐다. 오히려 책임을 생각하니 선택이 쉬워
졌다.

많은 사람이 내가 좋아하는 일이 뭘지 고민하는 일
에, 그 마음의 크기가 얼마나 큰지 생각하는 일에 시
간을 쏟는다. 하지만 선택에 대한 책임을 생각하는
일에는 많은 시간을 쏟지 않는다. 선택에 대한 책임
을 얼마나 감당할 수 있을지 고민하는 것도, 내가 이
일을 얼마나 좋아하는지 생각하는 것만큼이나 중요
한 일인데, 우리는 이것을 너무 간과하며 살아가는
게 아닐까.

가슴 뛰는 삶을 위해 그만둘래요

가슴 뛰는 삶을 되찾기 위해서는 퇴사가 답이라고 말하는 사람들이 있다. 주도적인 삶을 살기 위해서는 기존의 것을 과감히 벗어던져 버려야 한다고 주장하는 사람들이 있다. 어떤 선택을 하든 본인의 책임이다. 하지만 누군가가 내게 이와 관련된 조언을 구하면, 나는 이렇게 말한다. "굳이 퇴사하지 않고 그런 삶을 사는 사람도 많아요."

모든 걸 그만두고 자신이 좋아하는 일을 찾아서 그 일에 매진해 성공한 사람도 있다. 하지만 내가 아는 다수는 그런 사람이 아니었다. 직장에서 받는 월급으로 생계를 유지하며, 남는 시간을 활용해 자신이 좋아하는 일을 키워나가는 사람이었다. 여가를 활용해 자신이 원하는 삶을 찾는 사람이었고, 잠잘 시간을 쪼개 자신이 원하는 분야의 일을 키워나가는 사람이었다.

그들은 없는 시간을 쪼개서 키워나가던 일이 점점 커져 자신의 본업과 비등한 수준이 되면, 기존의 일을 그만두고 그 일에 본격적으로 뛰어들었다. 처음부터 엄청난 확신이 있었던 게 아니라 점점 확신을 키워나갔다. 퇴사라는 배수의 진을 치지 않았지만, 조금씩 삶의 주도권을 되찾아 지금은 그 누구보다 주도적이고 열정적으로 살아가고 있었다.

기존의 삶을 과감히 버리고 새로운 삶을 향해 나아가는 급진적인 사람이 있고, 기존의 삶에서 약간의 틈을 줘 새로운 삶을 향해 조금씩 나아가는 점진적인 사람이 있다. 불안 속에서 가슴이 뛰는 사람이 있고, 불안 속에서 심장이 떨리는 사람이 있다. 사람은 누구나 다 다르다. 그러니 타인의 삶을 바라보는 대신 나 자신에게 계속해서 물어야 한다.

나는 어떤 사람인가, 뛰어들고자 하는 일에 대한 확신은 어느 정도인가, 나는 불안을 잘 견딜 수 있는 사람인가, 내가 짊어질 수 있는 책임의 무게는 어디까지인가.

어느 유명 작가의 이야기

한 작가가 있었다. 출판사는 그의 책을 고작 900부만 인쇄하기로 했다. 우여곡절 끝에 책이 다 팔렸지만, 출판사는 그 작가의 책을 재출간하지 않기로 했다. 책이 잘 팔리지 않는다는 이유였다.

이 이야기는 전 세계에 2억 3천만 부의 책을 판매한 〈연금술사〉의 작가 파울로 코엘료의 이야기다. 어딘가에서 이 이야기를 듣고, 이게 내가 그토록 동경하는 파울로 코엘료의 이야기일 거라고는 상상도 하지 못했다. 세계적으로 유명한 누군가에게도, 아무도 알아봐 주지 않던 과거가 있을 거라는 당연한 사실을 미처 생각하지 못했다.

누구나 시작은 있다. 아무도 알아봐 주지 않는 때가, 앞서가는 누군가와 비교하면 나 자신이 초라해지는 때가 있기 마련이다. 하지만 그 시기가 영원하진 않을 것이다. 때론 어설프고, 초조하고, 불안한 그 시작이라는 게 정말 소중하고 감사해질 때가 올 것이다. '나, 이거 참 시작하길 잘했다.'라며 자신을 안아 주고 싶을 때가 올 것이다. 나는 그렇게 믿는다. 내 시작을, 당신의 시작을 믿는다.

올인

예전엔 무엇 하나에 올인해서 크게 성공하는 사람이 멋있어 보였다. 하지만 요즘엔 어느 하나에 치우치지 않고 여러 분야에서 작은 성공을 거두는 사람으로부터 여유와 안정을 느낀다. 그들로부터 또 다른 멋을 느낀다.

직장에 올인하는 친구보다, 직장을 다니며 댄스 대회에 나갈 정도로 춤추는 것을 게을리하지 않는 친구가 더 안정적으로 직장을 다니고 있다. 난 이거 아니면 안 된다며 배수의 진을 치고 새로운 일을 시작한 지인보다, 이게 안 될 경우를 대비해서 다양한 수입원을 마련해놓은 지인이 더 안정적으로 새로운 일을 확장해나가고 있다.

하지만 사람들은 여전히 올인을 원한다. 무엇 하나에 올인해서 성공한 극소수의 사람들을 미디어에서 많이 비춘 탓인지, 진로를 최대한 빨리 결정해서 그 분야에서 성공해야 한다고 가르치던 편협한 교육 탓인지, 우리는 무의식중에 어느 하나에 올인해야 한다는 강박에 사로잡힌 게 아닌가 싶다.

과거엔 나도 그랬지만, 지금은 아니다. 예전엔 무리해서 위험을 감수하는 사람에게서 멋을 느꼈다면, 지금은 위험을 감당할 수 있는 사람에게서 멋을 느낀다. 책임질 수 없는 올인보다, 결과를 책임질 수 있는 준비를 하는 사람이 빛나 보인다. 한 우물을 미친 듯이 파는 사람도 멋있지만, 다양한 우물을 고르게 파며 자신의 삶을 즐기는 사람도 정말 멋있어 보인다. 올인이 꼭 답은 아니라는 걸, 요즘 들어 많이 깨닫는다.

단지 내가 선택하지 않았을 뿐

황무지 같은 호주의 어느 지역에서 겨우 얻은 청소 일이었다. 시급이 2만 원이 넘는 일이었다. 하지만 극도로 무료했다. 더 이상 버틸 수 없다는 생각에 그만두려 했지만 그럴 수 없었다. 그 마을에서 새로운 일자리를 구하는 건 불가능하다고 생각했기 때문이다. 하지만 무료함에 몸서리치다 거의 미쳐갈 즈음에 결국, 일을 그만뒀다. 그리고 곧바로 두 개의 일자리를 얻었다.

돈을 벌어야겠다고 생각해서 들어간 회사였다. 정말 죽을 것 같았지만 다른 선택지는 없다고 생각했다. 나이도 어느 정도 찼고, 이제는 갈만한 곳도 마땅히 없으니 어떻게든 이곳에서 버텨야 한다고 생각했다.

다른 선택지는 없다고 생각했다. 하지만 불면증과 우울감이 날 괴롭힌 탓에 도망치듯 퇴사했다. 막상 나오고 나니 앞으로 해야 할 것들이 보였다. 막막했던 것들이 오히려 선명해지는 기분이었다.

오래된 친구니까 참아야 한다고 생각했다. 선을 넘는 친구의 언행에 속이 부글부글 끓었지만 어쩔 수 없다고 생각했다. 선을 좀 넘는다고, 자꾸 사람들 앞에서 날 깎아내린다고 해서 친구를 버릴 순 없다고 생각했다. 하지만 쌓인 게 터져 시원하게 한바탕하고 친구라는 이름을 뗐다. 그제야 그 녀석과 붙어 다니느라 얼마나 시간을 허비했는지 알게 됐다. 좋은 사람은 많았고, 시간을 값지게 보낼 수 있는 좋은 친구들도 만나게 됐다.

이게 아니면 다른 기회가 없을 거라는 생각에 참았고, 이거 말고 다른 선택지는 없을 거라는 막연한 두려움에 가능성을 닫았고, 어쩔 수 없다는 문장으로 나 자신을 그 상황에 가뒀다. 하지만 어쩔 수 없는 건 없었다. 언제나 선택지는 있었다. 단지 내가 선택하지 않았을 뿐.

멍게

점점 무기력해졌다. 내 머리는 미래가 아니라 과거를 향해 있었고, 다가올 내일이 아니라 지나간 어제를 회상하는 데 에너지를 쏟고 있었다. 몸이 축 처져서 침대에 멍게처럼 달라붙어 있는 나 자신을 이겨내고 싶었다. 그래서 움직이기로 했다.

집에서도 언제든 할 수 있는 맨몸운동인 '타바타 운동'을 하기로 했다. 호기롭게 8사이클(16분)을 목표로 시작했다. 하지만 2사이클(4분)을 하고 그대로 뻗고 말았다. 내 체력은 멍게만도 못했다. 나도 모르는 사이, 내 체력은 바닥으로 추락해 피를 철철 흘리고 있었다. 그동안 내팽개쳤던 내 몸에게 미안했다. 그래서 매일 타바타 운동을 하기로 했다.

2사이클이 4사이클이 되고, 4사이클이 8사이클이 됐다. 신기했다. 체력이 늘어난 것도 신기했지만, 하루를 살아가는 삶의 패턴이 달라진 게 신기했다. 체력이 붙으니 피곤함이 사라졌고, 피곤함이 사라지니 건강한 생각을 하게 됐다. 그동안 만나지 않던 사람도 만나게 되고, 더 많은 곳을 찾아가게 되고, 그전에 시도하지 않았던 책 홍보도 새로이 시작하게 됐다. 움직이니까, 삶이 달라졌다.

어제 만난 동생이 멍게에 관한 재미난 이야기를 들려줬다. 멍게는 원래 바다를 헤엄치며 돌아다니는 올챙이 모양의 유생이라고 했다. 근데 성체가 되는 과정에서 돌에 딱 달라붙어 움직이지 않다가 스스로 뇌, 신경 기관 등 모든 조직을 스스로 갉아먹는다고 했다. 어느 순간 움직이지 않고 자신을 스스로 갉아먹는 멍게의 모습이, 의자에만 앉아 흐리멍덩한 상태로 지냈던 자신의 모습 같아서 운동을 시작했다고 했다. 마치 과거의 내 모습을 말하는 것만 같아 무릎을 치며 공감했다.

무기력해지면 어떻게 극복하냐는 고민을 받을 때마다 내 대답은 늘 한결같다. 움직이라는 거다. 시작부터 마라톤을 하라는 게 아니라 그냥 동네에서 조금씩 달리라는 거다. 달리는 게 귀찮으면 집에서 맨몸운동이라도 하라는 거다. 팔굽혀 펴기 10개라도, 그게 힘들면 5개라도 시작하라는 거다. 그게 쌓이고 쌓이면, 어느새 뛰고 있는 자신을 보게 될 거고, 무기력이란 단어가 사라지는 경험을 하게 될 거라는 거다. 고로 움직이라는 거다.

요즘의 나를 보며 많이 느낀다. 열정이 있어서 뛰는 게 아니라 뛰니까 열정이 생기는 거라는 걸. 그냥 삶이 무기력해지는 게 아니라 움직이지 않으니까 삶이 무기력해진다는 걸.

아무것도 하기 싫고, 아무도 만나기 싫은 무기력한

상태가 계속된다면, 그런 자신의 모습이 불만족스럽다면, 그 상태를 벗어나고 싶은 마음이 조금이나마 있다면, 움직이자. 멍게가 되기 전에.

시작의 의미

거의 5년 만에 산을 찾았다. 그냥 '산이나 한번 가볼까'라는 생각이었다. 그런데 너무 오랜만이었나 보다. 내려오는데 다리가 후들거려서 큰일 났다 싶었다. 예상대로 다음 날이 되자 제대로 걷지를 못할 정도로 근육통에 시달렸다. 다리 근육이 내게 이렇게 말하는 것만 같았다. "그러니까 평소에 운동 좀 하지 그랬냐, 이 자식아."

근육통은 4일이 지나도 가시질 않았다. 하지만 4일째 되는 날, 똑같은 코스를 한 번 더 가기로 했다. 산에 오르자 여전히 근육이 비명을 질렀다. 그런데 신기하게도 숨은 덜 찼다. 다음 날이 되니, 근육이 풀리는 게 느껴졌다.

그리고 다음 날, 조금 더 어려운 코스로 다시 산에 올랐다. 전보다 속도를 올려 탔는데도 생각보다 힘들지 않았다. 하산하고 집에 오는 길, 첫날과 달리 개운한 느낌이었다. 고작 세 번의 등산이었지만, 내가 달라지고 있는 게 느껴졌다. 참 신기했다.

그때를 시작으로 요즘은 산을 꽤 자주 간다. 어제는 북한산 종주를 했다. 6시간이 걸렸다. 산을 타다 보니 욕심이 생겨, 친구가 도전하는 5산 종주도 함께 하기로 했다. 불암산, 수락산, 사패산, 도봉산, 북한산을 단 하루 만에 타는 코스다. 예전 같으면 꿈도 꾸지 못할 미친 짓이었을 텐데, 지금은 도전해볼 만한 가치 있는 일이 됐다.

시작은 '산이나 한번 가볼까'였다. 매번 그랬다. 시작은 언제나 가벼웠다. 그 가벼운 것들이 쌓여 제법 무거운 도전이 됐다. 강연도 그랬고, 글을 쓰는 것도 그랬고, 지금의 출판사도 그랬다. 어쩌다 시작하게

됐냐는 질문에 '어쩌다 시작하게 됐어요.'라는 답을
할 정도로 가볍게 시작한 것들이었다. 하지만 지금
은 내 삶에 제법 무겁게 자리하고 있다.

가볍지만 결국 가볍지 않은 것을 만들어내는 것.
이것이 시작의 의미인 것 같다.

5산 종주

"이거 완주하면 뭐 '증' 같은 걸 줘요?"

밤 10시에 출발한 '5산 종주'였다. 불암산, 수락산,
사패산, 도봉산을 찍고 다음 날 오후, 마지막 북한
산 코스를 앞두고 약국에 들렀다. 느낌이 묵직한 오
른쪽 종아리에 파스를 붙이고 출발하기 위해서였다.
근육 통증엔 마그네슘 관련된 뭔가를 먹으면 좋다
고 자꾸 권유하던 약사는, 내가 살 의향이 없어 보이
자 주제를 바꿔 5산 종주를 왜 하느냐 물었다. 적절
한 질문의 답을 찾고 있는 내게 약사가 다시 물었다.
"도전정신, 뭐 그런 건가?" 나는 "뭐, 그런 거겠죠?"
라고 되묻고 약국을 나와 북한산으로 향했다.

도봉산에서 내려오면서 이제는 더 움직이기 어렵겠다고 생각했다. 그런데 참 신기하게도 발을 떼니까 저절로 움직이고 있는 내 다리가 신기했다. 하지만 날은 추워지고 체력은 점점 떨어졌다. 혼자서 연습삼아 두 번이나 왔던 코스인데, 왜 이렇게 길게 느껴지던지. 절대 끝나지 않을 것만 같았다. 나보다 조금 앞서가는 친구의 뒷모습을 보면서 생각했다. "내가 이걸 왜 하고 있지?"

두 달 전, 어쩌다 오른 무등산에서 내 체력이 바닥이라는 사실을 깨달았다. 나흘 동안이나 절뚝거리는 날 보며, 이대론 안 되겠다 싶어 간혹 산을 올랐다. 그냥 체력이나 기를 셈이었는데, 어느 날 친구가 5산 종주에 다시 도전할 거라는 이야기를 했다. 그래서 불쑥 "나도 하자."라고 답했다. 아무리 생각해도 '내가 이걸 왜 하고 있지?'라는 물음에 대한 답은 '불쑥'이었다. 별다른 이유 없이, 그냥 불쑥.

시간이 너무 흘러 해가 지기 전에 내려오자는 목표가 깨졌다. 우리는 시작할 때 꺼냈던 헤드 랜턴을 다시 쓰고, 마지막 하산 길을 걷기 시작했다. 이게 무릎의 통증인지, 종아리의 비명인지, 그냥 내 몸의 절규인지 모를 정도로 체력은 떨어졌다. 그래도 그냥 멍청하게, 아무 생각 없이 걸었다. 그랬더니 마지막 종착지인 대호 아파트에 도착했다. 그리고 거의 구급차에 실려 오는 사람처럼 차를 타고 집에 돌아왔다.

'와, 내가 이걸 진짜 해냈구나.' 지끈거리는 무릎 통증에 일어나 드는 생각이었다. 사실 시작은 도전정신이 아니었다. 그냥 불쑥 한번 해보겠다고 해서 시작한 일이었다. 하지만 산 다섯 개를 넘나들며, 내가 하고 있는 게 엄청난 도전이란 걸 깨달았다. 한숨도 자지 않고 21시간을 걸었던 것도, 평소 같으면 수십 번은 더 그만뒀을 텐데 이를 악물고 걸었던 것도, 뭉친 근육을 풀기 위해 파스를 발라가며 걸었던 것도,

모두 도전이었다.

누군가는 도전정신을 가지고, 이걸 꼭 완주하겠다는 목표를 가지고 5산 종주에 도전할 것이다. 하지만 나는 좀 달랐다. 산행 내내 그만두고 싶은 충동성을 이겨내는 것, 과연 끝까지 할 수 있을까 하는 질문을 잠재우는 것, 힘들 때마다 그냥 멍청하게 아무 생각 없이 걷자며 생각을 죽이고 다리를 움직이는 것, 이 모든 게 '내겐 도전이었다. 그리고 결국 해내고 나니, 이 모든 게 도전이었다는 걸 깨달았다.

지금까지의 나는 항상 내가 할 수 있는 일을 선택했다. 조금이라도 가능성이 보이는 일에 도전했다. 하지만 이번엔 아니었다. 성공하지 못할 것 같은 일이었고, 내 능력 밖의 일이었다. 하지만 결국엔 해냈다. 불가능하다고 생각했던 일을 해내고 난 후의 짜릿한 기분을, 아마 처음으로 느낀 것 같다. 벌써 다음엔 마라톤에 도전해볼까, 하며 다음 도전을 생각하는 날 보니 웃음이 나왔다. 이래서 사람들이 도전, 도전 하나 보다.

누군가에게 '꼭 도전하세요.'란 말을 하고 싶지는 않다. 그냥 그때의 경험과 감정을 고스란히 남기기 위해 쓴 이야기다. 하지만 이런 이야기는 조심스럽게 건네고 싶다.

"여러분, 한 번쯤은 그냥 불쑥 해보세요."

이것 또는 저것

회사에 다닐 때, 이도 저도 아닌 상태로 있는 시간이 길었다. 내가 여기서 뭐 하고 있는 거지, 라는 생각으로 일에 집중하지 못했다. 그런 생각을 수백 번은 했으면서도, 여기서 나가야겠다는 선택은 계속 미루고 있었다. 몸은 여기 있는데 마음은 저기 있는, 그야말로 이도 저도 아닌 어중간한 포지션을 취하고 있었다. 남에게도 민폐였겠지만, 가장 힘든 건 나 자신이었다. 이도 저도 아닌 상태에서 선택을 미루니 나도, 타인도 힘들었다.

생각해보면 관계도 그랬다. 스쳐 지나갈 인연인데 그 이상으로 마음을 쏟거나, 곁에 두고 싶은 사람인데 그냥 스쳐 지나가는 인연처럼 대하기도 했다. 공적인 관계인데 사적인 감정을 섞다가 실망하기도 했고, 사적으로 다가온 사람에게 공적인 벽을 세우기도 했다. 관계에서도 이도 저도 아닌 어중간한 포지션은 독이었다. 결국, 애매한 관계가 많아지면 힘들어지는 건, 나 자신이었다.

'이도 저도 아닌 어중간한 포지션은 날 힘들게 만들 뿐이다.'라는 문장을 떠올리게 된 건, 어제 산에 올랐기 때문이다. 감탄사가 나오는 설경을 보면서, 얼마 전의 5산 종주를 떠올렸기 때문이다. 잠을 자지 않고 21시간을 걸으면서도, 한계에 수십 번 부딪치면서도 완주할 수 있었던 이유가 무엇이었을까 생각했다. 다른 이유를 다 제쳐두고, 이유는 단 하나였다. 끝까지 간다고 생각했기 때문이다. 다른 옵션은 생각하지 않았다. 끝까지 가는 것 외엔 다른 생각을 하지 않았다. 그냥 무식하게 걷고 또 걸었다.

갈 수 있으면 끝까지 가고 안 되면 중간에 그냥 내려

오자, 라고 생각했으면 절대 완주하지 못했을 것이다. 계속 갈까? 내려갈까? 이 정도면 적당한가? 조금 더 할 수 있지 않을까? 라는 마음이 나를 괴롭혔으면, 더 버티지 못하고 내려왔을 것이다. 나는 이미 알고 있었다. 이도 저도 아닌, 어중간한 포지션이 얼마나 나를 힘들게 만들 수 있는지. 그래서 끝까지 간다는 선택 외에 다른 옵션을 두지 않았는지도 모른다.

떠올려 보면, 과거의 나는 순간의 책임이 버거워 애매한 선택을 해왔던 것 같다. 돈, 직장, 관계, 모두 그랬다. 그래서 피해를 보는 건 나 자신이었다. 나의 어중간한 포지션이 적당히 힘들 상황을 감당하지 못할 정도로 힘들어지게 만들었다. 이제는 알 것 같다. 애매한 선택은 나 자신을 힘들게 만든다는 것을.

선택은 이것 아니면 저것이 아니라,
'이것 또는 저것'이어야 한다는 것을.

다들 돈 많이 벌었으면 좋겠다

나는 사람들이 좋아하는 일로 돈을 많이 벌었으면
좋겠다. 뮤지션은 좋아하는 음악으로 돈을 많이 벌
었으면 좋겠다. 배우는 무대에서 연기하면서 돈을
많이 벌었으면 좋겠다. 작가는 자신이 쓴 글로 돈을
많이 벌었으면 좋겠다. 그래서 돈 때문에 자신이 좋
아하는 일을 그만두는 일이 없었으면 좋겠다.

많은 사람이 돈 때문에 자신이 좋아하는 일을 꺾는
다. 돈 때문에 기타를 팔고, 돈 때문에 무대를 떠나
고, 돈 때문에 펜을 꺾는다. 그런 사람들을 향해 어
느 배우는 술자리에서 이렇게 말했다. "결국, 걔들이
그 정도로 안 좋아하니까 떠난 거지."라고.

그의 자부심 넘치는 말이 멋있으면서도 슬펐다. 왜 세상은 내가 이 일을 얼마나 좋아하는지, 돈이라는 물질로 매번 테스트하는가. 왜 그 가혹한 테스트를 견디지 못한 사람은 자신이 좋아하는 일을 꺾어야만 하는가.

이런 이야기해 봐야 넋두리밖에 안 되겠지만, 사람들이 좋아하는 일로 돈을 많이 벌었으면 좋겠다. 돈 때문에 자신이 좋아하는 일을 그만두는 일이 줄어들었으면 좋겠다. '좋아하는 일이니까 돈 안 벌어도 괜찮아요.'가 아니라 '좋아하는 일로 부족함 없이 잘 살고 있어요.'라고 말할 수 있는 사람이 많아졌으면 좋겠다.

역주행이 꿈입니다

지인들이 요새 책은 좀 어떻냐고 물으면 나는 역주
행이 꿈입니다, 라고 대답한다. 비록 지금까지 역주
행을 해본 적은 없지만, 책을 출간할 때마다 항상 역
주행을 다짐한다. 시작부터 역주행이라니, 말이 좀
우습게 들릴지 모르겠지만, 숨은 뜻은 이렇다. '내
책이 독자들의 시야에서 멀어지더라도 그들의 손에
다시 닿을 때까지 내 책에 대한 책임을 저버리지 않
겠습니다.'

출판사를 운영하고 몇 권의 책을 출간하면서 깨달은
사실은, 내 손에서 책이 멀어지면, 독자의 손에서도
멀어진다는 사실이다. 이 정도면 됐지, 라는 생각으
로 내 눈에서 책이 멀어지면, 독자의 시야에서도 사

라진다는 사실이다. 마치 독자들에게 내 마음을 꿰 뚫어 볼 수 있는 능력이라도 있는 것만 같다.

책이 출간될 당시엔 아무런 반응이 없다가 수개월이 지난 후에 폭발적인 반응을 얻은 책이 있다. 그 책 을 알리기 위해 흘렸던 작가의 땀을 보며, 존경의 마 음이 일었다. 이쯤 하면 최선을 다했지, 하며 손에서 놓을 수도 있었지만, 끝까지 책을 가슴에 품었던 그 에게 존경의 마음이 생기지 않을 수 없었다.

그 이야기가 너무 인상적이었던 나머지, 그 이후부 터 역주행이 꿈이 됐던 것 같다. 서서히 추락하는 판 매 현황을 보며, 이건 어차피 역주행할 책이니까, 라 며 합리화하려는 것인지도 모르겠다. 진실이야 뭐가 됐건, 중요한 건 손에서 놓지 않는 것이다. 남들의 마음에서 멀어졌다고, 내 마음에서 지워버리지 않는 것이다.

그 정도로 하고 싶지는 않은 거지

멋있게 기타를 치고 있는 동생을 보며 "나도 기타 좀 배우고 싶은데 몇 년째 배우고 싶다고 말만 하고 배우지를 않네."라고 했다. 그리고 곧바로 "그냥 그 정도로 배우고 싶진 않은 거지."라고 말했다. 혼자 북도 치고 장구도 쳤다. 그랬더니 옆에 있던 친구가 "맞아. 그게 정확한 이유지."라고 말했다.

근데 뱉어놓고 보니 정말 맞는 말이었다. 나는 왜 하고 싶다고 말만 하고 하지 않을까, 라는 질문에 대한 답은 간단하다.

그 정도로 하고 싶진 않은 거지.

후회할 권리

내가 선택한 일에 대해서는 후회라는 감정 또한 선택할 수 있다. 선택의 대가로 주어진 결과에 대해 후회할 것인지, 후회하지 않을 것인지, 그것마저도 내가 선택할 수 있다. 이렇듯 선택한 자에게는 후회라는 감정을 선택할 권리라도 주어진다.

하지만 선택하지 않은 일에 대해선 그럴 수 없다. 할 수 있는 건 그저 내가 도대체 왜 하지 않았을까, 라고 생각하며 미련을 남기는 것이다. 후회하더라도 해보고 후회할 걸, 하며 미련을 쌓는 것이다. 선택하지 않은 자에겐 후회할 권리마저도 없다.

생산적인 일

'생산적인 일'이 곧 돈을 버는 행위를 뜻하지는 않는다. 하지만 많은 이들은 그렇게 생각하지 않는 듯하다. 어떻게든 돈을 벌어야 생산적인 일이라고 생각하는 듯하다. 과거의 내게 호통을 치던 교수님도, 아마 그렇게 생각하신 것 같다.

서른을 앞둔 나는 대학교 학사운영실에서 알바를 하고 있었다. 하필 내가 졸업한 학부의 학사운영실이라, 나를 가르쳤던 교수님들이 오가며 내 근황을 물었다. 그중 한 교수님은 복도로 나를 부르시더니 내 근황을 깊이 물었다. 그래서 솔직하게 말했다. 두 번의 퇴사를 했고, 지금은 또래 청년들의 고민이나 미래, 꿈과 같은 주제로 이야기를 나누는 커뮤니티를 운영하고 있다고.

수익 모델은 있냐는 교수님의 질문에 없습니다, 라
고 사실대로 말했다. 돈 때문에 하는 건 아니라고 했
다. 그냥 이 일이 좋아서 하는 거라고 했다. 내가 했
던 말 중, 어떤 게 교수님의 심기를 건드렸는지는 모
르겠다. 어쨌든 교수님의 눈엔, 내가 별로 생산적인
일을 하는 것처럼 보이진 않았나 보다. 복도에 나를
세워두고 한동안 호통을 치셨으니 말이다.

그 당시의 난, 비생산적인 일을 하고 있었던 걸까.
지금 생각해봐도 잘 모르겠다. 그 커뮤니티를 통해
돈을 벌지는 못했지만, 덕분에 나는 가슴이 벅찰 정
도로 행복했다. 내 밥벌이 하나 제대로 못 챙기면서
다른 청년들과 고민을 나눴지만, 그것 자체가 내 삶
을 밝게 만드는 빛이었다. 돈은 없었지만, 삶에 생기
가 넘쳤다. 나도, 남들도, 내 모습을 보고 '행복해 보
인다'고 말했으니까.

생산적인 일이 꼭 돈을 버는 일을 말하는 건 아닐 것이다. 누군가가 요즘 내게 가장 생산적인 일이 뭐냐 물으면, 나는 달리기라고 말하겠다. 매일 뛴다고 누가 돈을 주는 것도 아니고, 기록을 경신한다고 해서 누가 상을 주는 것도 아니다. 하지만 내 삶을 생기있게 만드는 가장 생산적인 일이다. 내 삶을 살아 숨쉬게 만드는 가장 큰 수단이다. 그게 곧 생산적인 일이 아니면 뭐가 생산적인 일이란 말인가.

우리는 돈을 버는 일에 너무 매진한 나머지 삶을 생기있게 만드는 일은 놓치고 있는지도 모른다. 내가 좋아하던 그림 그리기, 내가 좋아하는 노래하기, 매일 달리기하기, 친구들과 등산하기, 이 외에도 삶을 밝게 만드는, 매우 생산적인 일들은 많다. 내 삶을 생산적으로 만드는 일은 무엇인가. 하나씩 떠올려보자. 그리고 하나씩 실행해보자. 어쩌면, 남들이 비생산적이라고 말하는 그런 행위들을 통해, 내가 살아 숨 쉬고 있다는 걸 깨달을지도 모르니까.

다 바칠만한 가치가 있는 곳인가

모든 걸 다 바쳐 최선을 다했는가, 라는 질문보다 그
곳이 당신의 모든 걸 다 바칠만한 가치가 있는 곳인
가, 라는 질문이 선행되어야 한다.

'내 모든 걸 바칠만한 가치가 있는 곳인가.'

이 질문의 답에 따라, 우리는 선택할 수 있다. 그곳
에서 한시라도 빨리 뛰쳐나와 내 모든 걸 바칠만한
것을 찾던가, 그게 아니라면 나 자신을 그곳에 끼워
맞춰 최선을 다할 수 있는 상태로 만들던가.

모든 길에는 의미가 있다

남들이 가지 않는 길을 가도 되고, 모두가 걷는 길을 따라가도 된다. 길이 없으면 힘들지라도 새로운 길을 만들어 걸으면 된다. 어느 방향으로 걸어도 상관없다.

힘들면 그 자리에 잠시 멈춰도 되고, 아닌 거 같으면 돌아가도 되고, 앞서가는 남들보다 조금 뒤처져도 된다. 느리면 느린 대로, 빠르면 빠른 대로 내 속도에 맞춰 걸으면 된다. 어느 속도로 걷든 상관없다.

다 좋다. 다 괜찮다. 남들보다 많이 뒤처졌다고 해서 걷는 게 더 이상 의미 없다는 생각, 하지 않아도 된다. 앞서가는 누군가의 뒷모습을 보며 내 앞에 열려 있는 모든 길이 의미 없다는 생각, 하지 않아도 된다.

모든 길에는 의미가 있다. 길은 여러 방향으로 뻗어 있고, 그 길을 걷는 속도는 각자가 선택하는 것이다. 달려도 되고, 천천히 걸어도 되고, 잠시 쉬어가도 되고, 때론 뒷걸음질 쳐도 된다.

어느 길이든,
각자의 길 위에 존재하기만 하면 된다.

변화가 필요하다면

내게 변화가 필요하다고 느낀다면 '매일' 무언가를
하면 된다. 매일 한 컷의 그림을 그려도 된다. 매일
한 장의 사진을 찍어도 된다. 매일 팔굽혀펴기를 해
도 된다. 무엇이든 상관없다. 매일 하는 게 중요하
다.

그래서 거창하게 시작하면 안 된다. 귀찮음을 느낄
새도 없이 작은 것부터 시작해야 한다. 멋들어진 한
컷의 그림이 귀찮으면 선 하나를 그어도 되고, 고가
의 카메라 대신 핸드폰으로 사진을 찍어도 되고, 팔
굽혀펴기가 힘들면 무릎을 꿇고 단 한 개만 해도 된
다. 중요한 건, 매일 하는 것이다.

처음엔 초라해 보일 수 있다. 상관없다. 작았던 것들에 '매일'이라는 살이 붙을 것이다. 아무렇게나 그었던 선 하나는 한 컷의 멋진 그림이 될 것이고, 핸드폰으로 찍었던 사진은 한 장의 멋진 화보가 될 것이고, 매일 했던 팔굽혀펴기는 당신의 상체를 단단하게 만들어 줄 것이다. 매일 한다면 달라질 수밖에 없다. 매일 한다는 건, 전과 같을 수 없다는 걸 의미한다.

나에게 매일은 달리기였다. 내 시작은 집 뒤에 있는 보행로를 따라 3km 정도를 달리는 것이었다. 뛰고 나서 속이 메스꺼울 정도로 체력은 형편없었다. 하지만 그 이후로 거의 매일 달렸다. 땀이 얼 정도로 추운 영하의 날씨에도 달렸다. 전날 과음을 해도 달렸다. 그냥, 그냥 달렸다. 그러다 보니 어느새 30km를 뛸 수 있게 됐고, 곧 42.195km도 가능할 거란 믿음이 생겼다.

무기력함에서 벗어나고 싶다거나, 내 모습을 변화시키고 싶다면, 무언가를 매일 하면 된다. 매일 하는게 겁이 난다면, 싱거울 정도로 아주 작게 시작하면된다. '매일'이란 단어를 믿고 그냥 시작하면 된다.매일 하면 언젠가는 변하겠지, 라는 막연한 믿음으로 시작하면 된다. 그렇게 매일 무언가를 하다가 문득 뒤를 돌아보면 깨닫게 될 것이다. "나 정말 많이 변했구나."하고.

얼마나 견딜 수 있는가

자신이 무언가를 '얼마나 좋아하는가'도 중요하지만, 그 길을 택함으로써 얻는 '고통의 무게를 얼마나 견딜 수 있는가'도 중요하다. 고통의 무게를 기꺼이 견딜 수 있는 사람이, 자신이 사랑하는 것을 온전히 지킬 수 있다.

하고 싶은 대로 하세요

어떻게 하는 게 맞는 걸까요, 라는 고민을 계속 받다
보면 결국 내가 해줄 수 있는 말은 하나밖에 없다는
사실을 깨닫는다. 그건 "당신이 하고 싶은 대로 하세
요."다.

본인보다 자신의 고민을 깊게 생각하는 사람은 없
기 때문이다. 내가 뭐라고 그들이 수개월, 수년에 걸
쳐 고민하는 주제에 대해 조언을 해줄 수 있겠는가.
아무리 경험 많고, 사려 깊은 사람도, 당신의 고민을
완전히 이해할 순 없다.

그리고 답은 결국 본인이 알고 있는 경우가 많기 때
문이다. 결국은 내 마음이 끌리는 대로 선택하면 된

다는 걸 알고 있지만, 용기가 부족한 것이다. 그렇다면 내가 해줄 수 있는 건, 어쭙잖은 조언으로 상대의 마음을 헷갈리게 하는 게 아니라, 그냥 원하는 곳으로 걸어가라고 등을 밀어주는 것이다. 축 처진 어깨를 펼 수 있도록 등을 토닥여주는 것이다.

또 하나, 어차피 답은 없기 때문이다. 내 조언을 따라 행동했는데 결과가 좋지 않을 수도 있고, 내 조언을 무시한 결과가 환상적일 수도 있다. 괜한 원망을 사지 않기 위해서라도 "당신이 답이다."라고 말하는 게 낫다.

고민에 대한 조언을 구하는 사람들에게 이런저런 말을 길게 늘여놓지만, 결국 그 모든 걸 한 문장으로 압축하자면 "어차피 정답은 없고, 본인 고민은 본인이 가장 깊게 고민하셨을 테니 그냥 당신 하고 싶은 대로 하세요."다.

진심이다. 굳이 타인에게 동의를 구하려 하지 말고, 자신의 선택을 믿고, 그냥 자신이 하고 싶은 대로 했으면 좋겠다. 그것이 곧 최선의 선택이라고 믿는다.

흔들리지 않는 사람들

주변에서 지속적인 칭찬을 받으면 높은 자존감이 형성된다. 또는 자신이 하는 일에서 반복적인 성과를 거두면서 자존감이 높아지기도 한다. 반면, 아무리 좋은 성과를 거둬도 주변에서 야유가 쏟아진다면, 아무리 노력해도 항상 성과가 기대에 미치지 못한다면, 자존감은 낮아지기 마련이다.

그런데 예외가 있다. 아무리 주변에서 야유를 보내고 반대를 해도 철벽처럼 꿈쩍도 하지 않는 사람들이 있다. 기대에 못 미치는 성과에도, 목표를 향해 가는 길에 큰 장애물을 만나도, 자신의 선택을 의심하지 않는 사람들이 있다. 그런 사람들을 보고 도대체 어떻게 저럴 수 있지, 라는 생각을 했다. 그러다 그들로부터 한 가지 공통점을 발견했다. 그들에겐 그들만의 '철학'이 있다는 것이다.

혹 불면 휙 하고 날아가 버리는 그런 철학이 아니다. 사람들의 야유도 한 귀로 흘려버릴 수 있는, 기대에 못 미치는 성과도 오히려 원동력으로 삼을 수 있는, 굳건한 철학을 말하는 것이다. 그 어떤 환경에서도 무너지지 않을 수 있고 그 누구의 말에도 꺾이지 않는 철학, 땀 흘리며 했던 수많은 경험과 눈물 흘리며 했던 수많은 고뇌가 만들어낸 철학, 그런 철학이 그들의 자존감을 지켜주는 것이었다.

많이 가져서 높아진 자존감은 많이 잃으면 낮아지기 마련이다. 인기를 얻어 높아진 자존감은 사람들이 등을 돌리면 낮아지는 법이다. 하지만 아무리 때려도 금이 가지 않는 철학을 가진 사람은 흔들리지 않는다. 그런 사람이 되고 싶다. 어떤 상황에서도 나를 지킬 수 있는, 굳건한 철학을 가진 사람이 되고 싶다.

어느 배우의 잊지 못할 조언

오디오를 기반으로 한 소셜미디어에서 어느 영화배
우를 만났다. 어렵게 발언권을 얻어 그에게 물었다.
"제 나이가 올해 서른다섯입니다. 혹시 배우님의 서
른다섯이 기억나신다면, 그때와 지금은 어떤 게 가
장 달라졌나요?" 내 질문에 여러 이야기를 해주셨지
만, 그중 딱 두 개가 아직도 기억에 남는다.

"서른다섯, 당연히 기억나죠. 그때 한참 영화를 찍고
있었을 때예요. 그때의 저는 다 안다고 생각했던 것
같아요. 그런데 나이가 쉰이 넘어서 보니까 그때의
저는 아무것도 모르고 있었더라고요. 그리고 지금의
저도, 이제는 꽤 안다고 생각하고 있는데 20년이 더
흘러 나이가 일흔 정도 되고 나면, 지금의 저를 보면

서 이렇게 생각할 것 같아요. 아, 그때의 나는 하나
도 모르고 있었구나, 하고."

"지금은 하늘나라로 떠난 친구의 병문안을 하러 간
적이 있어요. 제게 정말 소중한 그 친구가 저를 보며
이렇게 말해주더라고요. "너 하고 싶은 거 다 해."
그냥 하고 싶은 거 다 하세요. 뭐, 있어요. 하고 싶은
거 다 하고 살아도 괜찮아요."

오래전 일이라 문장이 정확하지 않을 수 있다. 하지
만 그의 말뜻은 정확히 기억한다. 지금의 나는 모든
걸 알고 있다고 생각하고 있지만, 사실은 하나도 모
른다는 것. 내가 모르는 세계는 무궁무진하니까, 다
해보라는 것. 죽기 전에 해보지 못한 것에 후회가 남
지, 해보고 실패한 것에 대한 후회는 남지 않는다는
것.

하고 싶은 게 전보다 많이 줄어든 나에게, 하고 싶은

게 있어도 잘 움직이지 않는 나에게, 서른의 중반을
지나고 있는 나에게, 나 또한 이렇게 말해주고 싶다.

"네가 모르는 세계는 여전히 무궁무진하니까,
다 해 봐. 그래도 괜찮아. 그래도 될 나이야."

그래도 괜찮다

뜻한 바대로 살아가는 사람보다 전혀 뜻하지 않았던
길을 걸어가는 사람이 더 많다. 원하는 과가 있었지
만, 성적에 맞춰 다른 전공을 택한 사람이 더 많다.
전공을 살려 취업을 하려고 했지만, 전공과 전혀 관
련 없는 일을 하는 사람들이 더 많다. 첫 직장을 계
속 다니는 사람보다 퇴사하고 다른 직장을 다니는
사람이 훨씬 많고, 처음 택한 직무와 전혀 다른 직무
를 수행하고 있는 사람도 의외로 많다. 하지만 그들
모두 잘 살아가고 있다.

뜻하지 않은 삶이었지만,
그 삶을 의미 있게 만들어가면서.

그러니 좌절할 필요 없다. 애초에 뜻한 바대로 흘러
가지 않는다고 해서, 내 삶이 의미를 잃어버리는 건
아니다. 삶의 의미는 주어지는 게 아니라 만들어 나
가는 것이다. 새로운 것을 시작하면서, 기존의 것과
이별하면서, 고난과 역경에 맞서 싸우면서, 스스로
만드는 것이다.

뜻한 바대로 흘러가지 않는다면,
새로운 뜻을 만들어 살아가면 된다.

그래도 된다.
그래도 괜찮다.

현재와 미래 사이

지나간다

혹독한 겨울도
끝내 따스한 봄을 맞이한다.
숨 막힐 듯 더운 여름도
어느새 시원한 가을을 맞이한다.

때론 혹독한 추위가 길어질 수도 있고
숨 막히는 더위가 기승을 부릴 때도 있지만,
봄과 가을은 어김없이 찾아온다.

우리 인생도 그럴 것이다.
어느 한 지점에 머물지 않고,
사계절처럼 돌고 돌 것이다.

고통스러운 순간은 수시로 찾아오고,
가끔은 그 순간이 길어지기도 할 테지만,
모두 다 지나갈 것이다.

따스한 햇볕과 선선한 바람을 맞으며,
미소지을 수 있는 시간은
어김없이 찾아올 것이다.

불안할 땐

현재가 불안할 땐 먼 미래를 생각한다.

5년 뒤, 10년 뒤, 30년 뒤의 나를 그려본다. 그럼 현재의 고민이 사소한 일처럼 느껴진다. 현재의 불안이 눈에 보이지 않는 작은 먼지처럼 느껴진다.

미래가 불안할 땐 현재에 집중한다.

막막한 미래가 아니라 오늘 할 일에 집중한다. 지금 눈앞에 놓인 일에 집중하고, 지금 내 곁에 있는 사람에게 집중한다. 길을 걷고 있다면 내 걸음에 집중하고, 명상 중이라면 내 호흡에 집중한다. 그럼 날 불안하게 만든 미래가 허상이란 걸 깨닫게 된다.

현재가 불안할 땐 미래를,
미래가 불안할 땐 현재를.

항상 불안과 싸워왔던 내가
불안을 잠재우기 위해 가슴에 담아두었던 문장이다.

매 순간, 평범한 일상

과거의 나는 인생을 뒤바꿀만한 사건을 기다렸다. 어떤 특별한 사건이 우연히 찾아와 내 삶을 바꿔줬으면 좋겠다고 생각했다. 삶의 전환점을 아직 다가오지 않은 미래에서 찾았다. 참 어리석은 생각이었다.

돌이켜보면 내 삶은 '매 순간'이 전환점이었다. 오늘 내가 만났던 누군가와의 대화, 갑자기 떠난 여행, 심심풀이로 봤던 한 편의 영화. 항상 내 곁에 존재했던 이 모든 순간이 내 인생을 뒤바꿀만한 사건이었다. 꼭 특별한 순간이 내 삶을 바꾸는 건 아니었다. 무심코 흘려보냈던 평범한 일상이 내 삶을 바꾸고 있었다. 아니, 평범한 일상이 곧 특별한 순간이었다.

매일 달리는 한강 도로 위, 매일 글을 쓰는 컴퓨터 앞에서 나는 성장했다. 틈을 내서 읽는 책의 문장, 귀 기울여 듣는 사람들의 이야기를 통해 내 사고는 확장됐다. 이런 일상의 경험들이 알게 모르게 내 삶을 바꾸고 있었다.

특별한 순간이 아니라 평범한 일상, 한 방이 아니라 매 순간이 내 삶의 전환점이었다. 매 순간, 나의 일상을 헛되이 보내지 않는 것이 내 삶을 변화시켜 줄 열쇠였다.

내가 이렇게 될 줄 나도 몰랐다

문과 출신이었던 내 고등학교 친구는 수능 언어 시험을 시원하게 말아먹었다. 다른 성적은 나쁘지 않았지만, 언어 성적 때문에 자신이 원하는 대학에 갈 수 없었다.

친구는 고민 끝에 교차지원으로 공대를 택했다. 언어 성적을 보지 않는 대학교의 전공을 택한 것이다. 전혀 예상치 못한 진로였고, 미분 적분도 몰랐던 친구가 공대에서 살아남기란 숨 막히는 일이었다고 한다.

얼마 전, 미국에서 잠깐 휴가를 온 친구를 만났다. 친구는 현재, 미국에서 대학원 박사 과정을 밟아 미국 영주권자로 살고 있다고 했다. 그런데 최근에 대기업에서 높은 연봉을 제시하며 입사를 제안했는데, 대학에서 연구하는 것도 꽤 적성에 맞아 갈등 중이라고 했다.

언어 시험 때문에 눈물을 머금고 공대로 진학했던 친구가, 세월이 흘러 이런 고민을 하고 있을 거라고, 그 누가 알았겠는가. 나는 친구에게 말했다. "야, 진짜 네가 언어 시험 망쳐서 공대 갈 때만 해도 네가 이렇게 될 줄 누가 알았겠냐." 친구는 말했다. "그러게. 내가 이렇게 될 줄은 나도 몰랐다."

너털웃음을 짓고 있는 친구를 보며, 다시 한번 생각했다. 인생은 역시 계획대로 흘러가지 않는다는 것을. 하지만 계획에서 벗어난 길이 때로는 예상치 못한 새로운 길을 안겨줄 수도 있다는 것을. 그러니까 때론 기대에 못 미치는 결과를 얻어도, 계획에 없던 선택을 해야 하는 경우가 생겨도, 자책할 필요 없다는 것을.

누구나 중요한 선택을 맞이한다. 그리고 그 한 번의
선택이 인생을 좌지우지할 수도 있다는 생각에 힘들
어한다. 하지만 인생의 전부일 것만 같은 하루가 지
나가면, 내일이라는 또 다른 하루가 온다. 그리고 그
내일이, 내게 새로운 길을 열어줄 수도 있다.

얼마 전, 그로부터 또다시 연락이 왔다. 그는 미국
워싱턴주에 새로운 직장을 얻어, 그곳에 정착했다고
했다. 새로 이사 간 집도 좋고, 주변 환경도 좋고, 매
일 숲과 호수를 보며 달리기를 한다며, 자랑 아닌 자
랑을 늘어놓았다. 자신의 삶이 어디로 향할지 몰라
고민하던 친구는, 세월이 흘러 자신이 걸어온 길과
앞으로 걸어갈 길을 자신 있게 이야기하고 있었다.

친구의 이야기를 들으며 다시 한번 생각했다. 우리
가 매일 살아가며 하는 크고 작은 선택의 합이 내 인

생을 만드는 것이지, 단 한 번의 결과가 내 삶을 단정 지을 수 없다는 것을. 그러니 오늘의 아픈 결과에 내 삶을 비관할 필요 없다는 것을.

불완전한 시작

출간을 위한 게 아니라면, 각 잡고 글을 쓰지 않는
다. 지하철로 이동하면서 핸드폰 메모장으로 글을
쓰거나 술을 마시다가 번뜩 떠오르는 이야기를 아무
곳에나 대강 휘갈겨 놓는다. 문장의 흐름은커녕 오
타와 맞춤법도 잘 신경 쓰지 않는다. 중요한 건, 내
생각을 표현하는 거니까.

등산하러 갈 때도 딱히 각을 잡고 가진 않는다. 어
머니가 사주신 트레킹화와 등산 스틱 정도면 충분하
다. 가방은 대충 인터넷 최저가 배낭이면, 바람막이
는 달리기할 때 입는 것이면 충분하다. 귀가 시릴 땐
만 원 주고 산 비니 하나면 충분하다. 이렇게 다 갖
춰 입고 나면, 뭔가 엉성한 느낌이지만 상관없다. 중

요한 건, 두 다리로 산에 오르는 거니까.

강연할 때도 그렇다. 가끔 대본을 달라고 부탁하시는 분들이 있는데 그럴 때 가장 난감하다. 대본을 만들지 않기 때문이다. 강연할 자료를 만들고, 각 장마다 대강 어떤 이야기를 할지 생각한다. 그걸로 끝이다. 당일 청중에게 맞게, 현장 상황에 따라 이야기는 달라질 수 있다. 이런 강연이 완벽하지 않을 수 있다. 하지만 괜찮다. 중요한 건, 내가 하고자 하는 메시지를 청중들의 가슴에 남기는 거니까.

무언가를 할 땐, 제대로 각을 잡고 하는 것도 중요하다. 하지만 그 각이란 것에 너무 집중하다 보면, 자칫 더 중요한 것을 놓칠 수도 있다. 쓰거나, 오르거나, 표현하는 것, 한 마디로 '하는 것'이다. 때론 불완전한 상태로, 잔뜩 긴장한 몸을 풀고 그냥 한번 해보는 건 어떨까. 계속 그렇게 해나가다 보면, 언젠간 자연스레 나만의 '각'이 생겨나지 않을까.

회복할 시간도 필요하다

나 자신의 힘만으로는 도저히 어쩔 수 없는 일들이
있다. 큰 상처를 감내하면서 그런 일들을 정면으로
돌파하는 건 참 멋있는 방법이겠지만, 아무나 할 수
있는 일은 아니다. 이미 깊은 상처를 입은 사람은 더
더욱 그렇다.

그럴 땐, 어쩔 수 없는 일을 잠시 회피하는 것도 하
나의 방법이다. 내가 어쩔 수 없는 일은 피하고 '내
가 어찌해볼 수 있는 일'로 시선을 돌리는 것이다.
통제 불가능한 일은 피하고, 내 자존감을 회복할 수
있는 작은 일에 집중하는 것이다.

자꾸 회피만 하는 게 아닐까, 라는 생각이 들 땐 '단지 회복하는 시간을 가지는 중이야.'라고 생각하자. 내가 어찌해볼 수 있는 일을 통해 회복의 시간을 갖고 자존감을 되찾은 후, 다시 덤벼들면 된다. 무조건 정면 돌파하는 게 답은 아니다. 때론 우회하며 회복할 시간을 갖는 게 더 현명한 법이다.

우회로도 하나의 길이다

도봉산에는 Y계곡이란 곳이 있다. 종종 사고가 날 만큼 가파른 곳이라, 경고 문구와 함께 우회로가 있다는 안내판이 있다. 굳이 Y계곡으로 갈 필요는 없다. 힘이 들거나 체력이 되지 않으면 우회로로 돌아가면 된다. 그런데 '우회'한다는 말이 이상하리만큼 패배자가 걷는 길처럼 느껴진다. 그게 아닌데. 우회는 패배가 아니라 그저 '다른 길'을 의미하는 건데.

우회할 필요가 없을 만큼 정신력과 체력이 강한 사람이 있고, 우회가 필요한 사람이 있다. 그리고 아무리 강한 사람이라 하더라도, 때론 우회가 필요한 시간이 있다. 우회로를 잘 이용해야 더 멀리 갈 수 있는 법이다.

우리는 직선으로 가는 법만 배웠지, 돌아가는 법을 배우지 못한 게 아닐까. 빨리 가는 법만 배우고 멀리 갈 수 있는 법은 배우지 못한 게 아닐까. 나 자신만 생각하면 우회로를 택하는 게 맞는데, 타인의 시선을 의식하느라 무리하게 Y계곡으로 가고 있는 게 아닐까.

지쳤을 땐 우회로를 택해도 된다.
남들 신경 쓰지 않고 가고 싶은 길로 가도 된다.
남보다 조금 더 빨리 가겠다고 무리할 필요 없다.
그저 지금의 내 상황에 맞는 길을 택하면 된다.
그게 더 멀리 나아갈 수 있는 길이다.
그게 더 현명한 길이다.

결과를 예측하지 않을 것

보통의 사람은 A를 선택할 때 벌어질 수 있는 결과와 B를 선택할 때 벌어질 수 있는 결과를 저울질한다. 고심 끝에 선택하고, 그 결과를 예측할 수 없어 불안에 빠진다. 하지만 장담컨대 결과를 예측할 수 있는 사람은 없다. 먼 미래일수록 그렇다.

그래서 나는 미래가 아닌 현재를 기준으로 판단하려 노력한다. 그리고 어떤 선택을 하든 결과는 예측할 수 없다는 걸 인정한다. 그저 내가 원하는 결과에 최대한 가깝게 만들기 위해 노력을 다할 뿐이다.

미래를 예측하지 않고, 현재를 기준으로 판단하며, 그 판단을 맞게 만들기 위해 최선의 노력을 다하는 것. 이것만 잊지 않더라도, 내 마음을 어지럽히는 지금의 불안을 어느 정도는 해소할 수 있지 않을까.

변함없는 건 없다

몇 개월을 못 버티고 퇴사를 일삼았던 동생은 무슨 일인지 1년 넘게 회사에 다니고 있다. 참 신기한 일이다. 얼마 전, 직장인이 되기를 오랫동안 거부해왔던 친구로부터 연락이 왔다. 회사에 취업했다는 소식이었다. 참 놀라운 일이다.

두 녀석 외에도, 전혀 그럴 것 같지 않았던 누군가가 그렇게 변한 경우는 많다. 비영리 기구에 큰 뜻을 품었던 친구는 일을 시작하더니 비영리란 단어에 깊은 회의를 느끼게 됐고, 돈을 버는 일에 관심도 없던 친구는 주식 투자에 깊이 빠져있다. 과거에는 상상하기 어려운 일이었다.

시간은 많은 걸 바꿨다. 관심사도, 가치관도, 때론 사람의 성향도 바꿨다. 이것만큼은 또는 이 사람만큼은 절대 변하지 않을 거야, 라고 생각했던 것들도 허무하리만큼 쉽게 바꿔버렸다.

과거와 달리 많은 게 달라져 있는 나 자신과 나만큼이나 달라져 있는 내 주변을 보면서도, 변하는 게 아쉽고 두려워 아등바등 버티는 나 자신에게 이렇게 말해주고 싶다.

변함없는 건, 아무것도 없다고.
인생은 매 순간 형태를 바꾸는 흐르는 물과 같다고.
그러니 물살을 버텨내려고 너무 애쓰지 말고,
때론 흐르는 물에 몸을 맡기고 따라가도 괜찮다고.

그러다 보면,
새로운 길을 만나기도 한다고.

지금 여기가 바다란다

젊은 물고기가 있었어.

젊은 물고기는 늙은 물고기에게 가서 물었지.

"바다는 어디에 있죠?"

늙은 물고기가 말했어.

"바다? 네가 있는 여기가 바다란다."

젊은 물고기가 말했어.

"여긴 그냥 물이잖아요. 내가 원하는 건 바다예요."

모두가 극찬하는 영화 〈소울〉의 대사다. 위 대사가
가슴 깊숙한 곳에 박혔다. 영화 속의 대사를 들으며
자연스레 과거의 나를 떠올렸다. 과거의 나는, 내가

있는 곳이 바다라는 사실을 망각한 채, 끊임없이 바다를 찾아 헤맸던 게 아니었나 싶다. 내가 누릴 수 있는 현재가 아니라 아직 누리지 못한 미래에만 너무 집착한 게 아니었나 싶다. 내가 헤엄치고 있는 바다를 얕은 물이라 생각하며, 끊임없이 바다를 찾아 방황한 건 아니었을까.

내가 오늘 지나쳤던 풍경, 내가 오늘 만났던 사람, 내가 겪었던 오늘의 사소한 경험이 내 삶을 빛나게 해줄 값진 바다였다는 걸, 언제쯤 제대로 깨닫게 될까.

미래가 아니라 현재,
내일이 아니라 오늘,
저곳이 아니라 바로 이곳이 바다라는 사실을
언제쯤 이해하게 될까.

지금 할 수 있는 일에 집중하는 것

할 수 없는 일이 아니라 지금 당장 할 수 있는 일에 집중하자. 할 수 없는 게 열이고, 할 수 있는 게 하나라면, 그 하나에 집중하자. 그 하나를 해내고 나면, 내가 할 수 없는 수많은 일들 사이에서, 내가 할 수 있는 또 다른 하나가 보일 것이다. 그럼 또다시 그것에 집중하자. 그렇게 내가 할 수 있는 일을 하나씩 헤쳐나가다 보면, 어느 순간 내가 할 수 없었던 일을 해내고 있는 나 자신을 발견할 것이다.

내 의지와 상관없이 하고 싶은 걸 할 수 없는 상황에 놓일 때가 있다. 내가 처한 상황 때문에, 타인의 영향 때문에, 내 의지와 상관없는 갖가지 이유로 내가 하고 싶은 걸 못하게 된다면, 답답하고 억울한 마음이 들 것이다. 그럴 때 내가 할 수 있는 일은 두 가지다. 할 수 없는 것에 집중하며 답답하고 억울한 마음을 키우는 것. 또는 내가 처한 상황에서 할 수 있는 일을 찾아 그것에 집중하는 것.

말이 쉽지, 그런 상황이 닥치면 나 또한 할 수 없는 일에 얽매일 것이다. 억울한 마음을 누군가 알아주길 바라는 마음에 수많은 원인을 열거하고 누군가 인정해주길 바랄 것이다. 그렇게 할 수 없는 일에 집중하며 힘을 다 쏟고 난 뒤, 한참이 지나 깨달을 것이다. 내가 지금까지 한 게 시간 낭비였다는 것을.

과정이 더 설레고 즐겁다

여행을 기다리며 준비하는 과정이 여행할 때보다,
정상에 오르는 과정이 정상에 올랐을 때보다,
꿈을 향해 가는 과정이 꿈을 이뤘을 때보다,
더 설레었고, 즐거웠다.

항상 그랬다.
결과보다 더 좋은 건,
결과를 향해 가는 과정이었다.

그런데 왜 나는 결과에 집착하느라
그 과정에서 만나는 멋진 장면들을
자꾸 놓치면서 사는 걸까.

나는 오늘도 점을 찍는다

대학을 졸업하고 수많은 점을 찍었다. 대기업, 제약
회사, 공공기관, 비영리단체, 계약직, 파견직, 각종
알바 등 닥치는 대로 경험했다. 하지만 기대와 달리
내가 찍은 점들은 서로 이어질 기미를 보이지 않았
다. 억지로 점을 이어 선으로 만들고, 그 선들을 이
어 만들어진 도형을 보니, 남들은 물론 나조차도 이
해하지 못할 괴상한 것이 만들어졌다.

시간이 지날수록 초조해졌다. 내가 찍은 점들이, 내
가 선택했던 모든 일이 쓸모없게 느껴지면 어떡하나
걱정했다. '너 지금 뭐 하니?'라는 주변의 물음에 제
대로 답하지 못할 때마다 그렇게 느꼈던 것도 사실
이다. 나는 지금까지 무엇을 위해 달려왔나, 내가 찍

은 점들은 도대체 뭘 의미하는가, 계속해서 질문할 수밖에 없었다.

한참이 지나 서른 중반의 나이가 됐다. 시간이 흘렀다고 해서 내가 찍은 점들이 부드럽게 이어져 완전한 도형을 이룬 건 아니다. 여전히 괴상한 모양이고, 누군가에겐 여전히 설명하기 힘든 모습이다. 하지만 달라진 게 하나 있다면, 그 괴상한 도형이 곧 나라는 걸 이해하게 됐다는 것이다.

과거엔 남들이 이해할 수 있는 점을 찍으려고 했던 것 같다. 그 점들을 이어 결국엔 타인에게 설명 가능한 무언가를 만들어내려고 했던 것 같다. 누군가가 보기에 자랑스러울 만한 무언가를 만들려고 했던 것 같다. 하지만 지금은 아니다. 굳이 남에게 설명할 필요도 없고, 꼭 자랑스러울 필요도 없다. 조금은 엉성하고, 불안하고, 괴상하더라도 그게 나라는 사람이다. 지금까지 내가 찍어왔던 점들이 만든, 나라는 사람인 것이다. 그걸 인정하니 마음이 편해졌다.

지금의 나는, 괴상하든, 멋있든, 모자라든, 이전까지 해왔던 모든 선택의 합이다. 그리고 미래의 나는 지금까지 해왔던 모든 선택에, 앞으로 해나갈 선택을 합한 무언가일 것이다. 미래의 나는 어떤 모습을 하고 있을까. 나도 모른다. 전혀 예측할 수 없다. 그래서 기대된다. 앞으로 내가 찍을 점들이 나를 어떤 모습으로 만들지, 불안하면서도 설렌다.

남들은 이해 못 하더라도 나는 인정할 수 있는, 나만의 고유한 도형을 만들기 위해 나는 오늘도 점을 찍는다.

그냥 벌어질 일이 벌어진 거야

내가 도대체 뭘 잘못했길래 이런 일이 벌어진 거지, 라는 생각에 빠지면 고통의 무게는 더 무거워진다. 그냥 벌어질 일이 벌어진 거야, 라는 막연한 생각이 때론 고통의 무게를 가볍게 만들어준다.

난 운명론자는 아니다. 일어날 일이니까 일어난 거지, 라고 생각하는 게 평소의 내 사고방식은 아니다. 하지만 어쩔 수 없는 일에 매달려 나 자신을 자책하는 것보다는, 그냥 이렇게 될 일이었다며 믿지도 않는 운명에 기대는 게 더 낫다고 생각한다.

벌어진 일에 얽매여 있기보다는 벌어질 일을 향해 나아가는 게 더 나은 일이라고 생각한다.

삶은 나를 어딘가로 이끌고 있을 것이다

개그맨을 꿈꾸던 친구는 학원 강사가 됐고, 공대생
이었던 지인은 스탠드업 코미디언이 됐다. 누구보다
자유로운 삶을 살았던 동생은 직장인이 됐고, 직장
인이었던 지인은 퇴사 후 여행을 시작했다. 뭘 해야
할지 몰라 방황만 일삼던 나는, 서른이 넘은 나이에
어쩌다 출판사를 차리고 작가가 됐다.

삶은 예상대로 흘러가지 않는다.
과거의 영광이 현재의 고통이 되기도 하고,
과거의 고통이 현재의 영광이 되기도 한다.

내 삶도 그렇고, 내 주변의 삶도 그렇다.
계획했던 삶을 그대로 살아내는 사람은 거의 없다.

뜻밖의 환경에서, 뜻밖의 사람을 만나, 뜻밖의 기회
를 얻어, 뜻밖의 결과를 빚어내며 살아간다.

예측할 수 없는 오늘은,
내 삶을 어딘가로 이끌어가고 있을 것이다.
정확히 어디인지 몰라 답답할 때도 있지만,
분명 앞으로 나아가고 있을 것이다.
나는 그렇게 믿으며 살아간다.

다만, 삶의 마지막엔
'행복'이란 단어가 남기를 바랄 뿐이다.
그럴 거라 믿으며 그저 오늘을 살아갈 뿐이다.

인과관계

명확한 원인이 있어서 결과가 나온다기보다, 결과가 주어진 후에 원인을 끼워 맞추는 경우가 많은 것 같다. 대부분은 결과가 주어진 영문을 모른다. 그래서 뒤늦게 원인을 찾고, 그럴싸한 원인을 결과에 끼워 맞추기 시작한다. 그리고 사람들에게 말한다. 이렇게 하면 이런 결과가 나오니까 이렇게 하세요, 라고.

몇 가지 예를 들자면, 주가가 그렇다. 사람들은 요동치는 주가를 보고 원인을 찾기 위해 애쓴다. 주가가 하락하면 하락의 원인이 무엇인지, 주가가 오르면 상승의 원인이 무엇인지, 저마다 스스로 납득할 수 있는 원인을 찾는다. 하지만 어느 전설적인 투자자가 그런 사람들을 비웃기라도 하듯 이렇게 말했다.

주식이 떨어지는 이유는 그저 사람들이 팔았기 때문이고, 주식이 오르는 이유는 그저 사람들이 샀기 때문입니다, 라고.

강연도 그렇다. 가장 쉬운 나를 예로 들겠다. 나는 내 삶이 어쩌다 여기까지 왔는지 알 수 없다. 말 그대로 '어쩌다' 여기까지 왔다고밖에 말할 수 없다. 하지만 강연장에서 제 삶은 어쩌다 이렇게 된 거라 딱히 할 말이 없네요, 라고 할 수는 없지 않은가. 그래서 예전엔 강연을 위해 원인을 끼워 맞췄다. 첫째, 둘째, 하며 숫자까지 끼워 넣어가면서 인과관계를 확실히 정리했다. 이제야 고백하는데, 그건 나도 제대로 인지하지 못했던 거짓말이었다.

과거엔 타인의 성공적인 결과를 보고, 그 인과관계를 파헤치면 나도 그들처럼 성공할 줄 알았다. 하지만 인과관계는 명확하지 않다는 것, 그걸 따라 한다고 하더라도 결과는 다를 수 있다는 걸 깨닫고 나서는, 타인이 뒤늦게 끼워 맞춘 원인을 따라가는 일을 멈추게 됐다. 명확한 원인을 분석하기보다는 주어진 결과에 대응하기로 했다. 그러자 복잡하기만 했던 내 삶이 꽤 단순해졌다. 단순해지니 오히려 명확해졌다.

누구나 불확실하다

내 운명이라고 느낄 정도로 정말 하고 싶은 일을 찾아 그 일을 하는 사람이 있고, 이런저런 일을 수없이 해봤지만, 여전히 내 꿈이라고 할 만한 일을 찾지 못하는 사람이 있다. 보통 전자에 해당하는 사람이 성공한다고 한다. 하지만 살다 보니 꼭 그런 것도 아닌 것 같다.

전업 유튜버가 될 생각은 없었지만, 그냥 한 번 찍어본 한 편의 영상이 수십 만의 구독자를 만들어주기도 하고, 살이나 좀 빼볼 생각으로 시작한 달리기가 마라토너를 만들어주기도 하고, 그냥 마음이 답답해서 한 줄 두 줄 적어왔던 블로그의 글들이 작가를 만들어주기도 한다. 정말 원하던 일이 아니라 그냥 한

번 해본 일이, 간절히 원하던 일이 아니라 긴가민가 했던 일이 성공을 만들어주기도 한다. 내 주변엔 그런 사람들이 훨씬 많았다.

내가 원하는 일이 무엇인지 정확히 아는 사람이 세상에 몇이나 되겠는가. 대부분은 긴가민가, 알쏭달쏭, 할까 말까 하며 산다. 그러다 한 번 해볼까 해서 뛰어든 일에 푹 빠지기도 하고, 그러다 좌절하기도 하고, 어쩌다 성공하기도 하고 그러는 거지. 처음부터 확신을 가지는 사람이 어디 있겠는가. 천천히, 돌고 돌다, 어느 순간에 확신의 싹이 자라는 거지.

아직도 내가 뭘 잘하는지 모르겠다고 좌절할 필요 없다. 내가 이걸 잘하는 것 같기도 하고, 못하는 것 같기도 하고, 긴가민가하며 다들 그렇게 산다. 여전히 내가 뭘 좋아하는지 모르겠다고 창피할 필요 없다. 내가 이걸 좋아하는 것 같기도 하고, 별로 좋아하지 않는 것 같기도 하고, 할까 말까 고민하며 다들 그렇게 산다. 불확실한 인생에서 자신의 확신을 찾기 위해 이리저리 방황하며, 어쩌다 시작한 일이 확신을 만들어 줄 거라 기대하며 다들 그렇게 산다.

후회는 필연적이다

최선의 선택을 했다고 해도,
최악의 선택을 면했다고 해도,
후회는 남는다.

후회의 크기가 다를 뿐,
어떤 선택이든 후회는 남는 법이다.

선택에 후회라는 감정이 필연적으로 따라다닐 뿐,
후회스럽다고 해서 당신의 선택이 틀린 건 아니다.

인생은 계획대로 흘러가지 않는다

인생은 계획대로 흘러가지 않았다. 그래서 많은 것
을 잃었다. 정직원을 목표로 했던 회사는 인턴 도중
그만두게 됐고, 3년을 목표로 들어갔던 회사는 두
달 만에 그만두게 됐다. 큰 이상을 품고 시작했던 카
페는 현실의 벽에 부딪혀 계획과 정반대로 운영됐으
며, 내심 거창한 목표로 출간했던 첫 번째 책은 소문
없이 묻혔다.

인생은 계획대로 흘러가지 않았다. 그래서 새로운
기회를 만났다. 잦은 퇴사 때문에 고민이 많았던 나
는 사람들과 고민을 나누는 커뮤니티를 만들었고,
그곳에서 내 삶의 의미를 찾을 수 있었다. 카페에서
시들어가던 나는 뭐라도 해야겠다는 생각으로 출판

사를 시작했고, 지금도 여전히 책을 출판하는 일을 업으로 삼고 있다. 소문 없이 묻혀버린 첫 번째 책을 보며 스스로 책을 홍보하기 위해 본격적으로 SNS를 시작했고, 덕분에 다음에 출간한 책들을 홍보하는 데 큰 도움을 받았다.

계획대로 흘러가지 않는 인생에서 많은 것을 잃었고, 많은 것을 얻었다. 그 과정에서 잃은 것에 집중하기보다 새로 얻은 기회에 집중하는 법을 배웠다. '인생은 계획대로 흘러가지 않는다.'는 말이 이제는 부정적으로 들리지 않는다. 오히려 계획과 달리 흘러가는 인생이라 재밌다. 때론 불안하기도 하지만 전혀 예측하지 않았던 새로운 기회, 사람, 삶을 맞이할 생각에 설렌다.

내 인생은 여전히 계획대로 흘러가지 않는다.
그래서 내 삶이 기대된다.

시간이 좀 더 필요한 거야

목표를 달성하기 위해선 시간이 필요하다. 목표가 높을수록 더 긴 시간이 필요할 것이다. 하지만 주변을 둘러보면, 다들 성과를 거뒀는데 나만 여전히 제자리인 것만 같은 기분이 들 때가 있다. 그 시간이 길어지면 길어질수록 조급해지고 불안해지기 마련이다. 그리고 누군가는 그 시간을 견디지 못하고 목표로 하던 것을 그만두게 된다.

그러나 순간에 변하는 사람은 없다는 사실을 기억해야 한다. 누구나 그렇다. 갑자기 변한 게 아니라, 아무도 알아주지 않는 그 기나긴 시간을 다들 잘 견뎌온 것이다. 그에 대한 보상으로 남들이 주목할 만한 결과물이 수면 위로 드러난 것이다.

시간이 좀 더 필요할 뿐이다. 아무리 닿기 힘든 목표라도, 계속해서 나아가다 보면 언젠간 닿기 마련이다. 하지만 왜 나만 안 될까, 라는 생각이 자꾸 머리에 맴돈다면 이렇게 되뇌어 보자. "나만 안 되는 게 아니라 나에겐 그저 시간이 좀 더 필요한 거야."라고.

일흔의 청년

스무 살의 청년이 말했다. "어쩔 수 없이 제가 원하지 않는 과로 진학했어요. 친구들은 다들 적성에 맞는 과에 가서 재밌게 대학 다니고 있는데 저만 자꾸 뒤처지는 기분이 들어요."

스물아홉의 청년이 말했다. "주변 친구들은 슬슬 취업에 성공하는데 저는 아직 취업 문턱도 못 넘어봤어요. 내년이면 서른인데 너무 늦은 게 아닌가 걱정이 됩니다."

서른넷의 청년이 말했다. "직장 생활을 그만두고 새로운 일을 시작해보려고 합니다. 근데 걱정입니다. 서른 중반이면 이제 곧 결혼할 나인데, 이렇게 늦은 나이에 새로운 일을 시작하는 게 맞나 싶어요."

그때, 이 모든 고민을 묵묵히 듣고 있던 백발의 청중 한 분이 손을 들었다. 마이크를 받은 그는 자리에서 일어나 이렇게 말했다.

"제 나이가 일흔이 넘습니다. 그런데 일흔이 넘은 지금에서야 새로운 꿈을 꾸게 됐습니다. 제 꿈은 제가 만든 우리나라 술을 세계적으로 유명하게 만드는 거예요. 우리나라 술의 우수성을 세계에 알리고 싶습니다. 그게 제 꿈입니다. 저처럼 늙은이도 꿈을 꿉니다. 여러분, 전혀 늦지 않았습니다."

늦지 않았다, 라는 흔한 말이었다. 누구든 말할 수 있는 뻔한 이야기였다. 하지만 새로운 꿈을 꾸는 일흔의 '청년'으로부터 듣는 이야기는, 그 울림이 달랐다.

남들보다 조금 더 느려도,

남들보다 조금 더 실패해도,

남들보다 조금 늦은 나이에 시작해도,

그래, 전혀 늦지 않았다.

배수의 진

현금을 보유하는 것도 주식 투자의 한 방법이라는 말이 있다. 주가가 올라갈 때는 보유하고 있는 현금이 아깝게 느껴지겠지만, 주가가 급락할 때 현금이 없으면 추가로 매수할 수도 없고, 하락하는 주가를 보며 가슴을 졸이고 있어야 하기 때문이다. 하지만 사람들은 'Now or Never'를 외치며 영혼까지 끌어모아 투자를 한다. 아, 이 글에서 이야기하고 싶은 건 주식 이야기가 아니라 '배수의 진'에 관한 이야기다.

언젠가 한 친구가 '배수의 진'을 치는 마음으로 퇴사를 하고 창업을 준비하는 건 어떻냐고 물은 적이 있다. 선택은 네가 하는 거지만, 나라면 그렇게 하지 않을 거라고 답했다. 지금 다니고 있는 직장을 병행하며, 여가를 활용해 충분히 할 수 있을 것 같다고 했다. 그 친구는 이렇게 말했다. "저도 알아요. 근데 그렇게 하지 않으면 열정이 생기지 않을 것 같아서요." 그 마음 또한 이해는 갔다. 하지만 열정이 식으면 자라날 불안의 크기 또한 나는 잘 알고 있었다.

내가 원하는 일을 하겠다며 아무런 대책 없이 퇴사한 적이 몇 번, 아니, 여러 번 있었다. 매번 배수의 진을 치는 마음으로 퇴사를 했다. 하지만 결과는 항상 같았다. 퇴사 후 며칠 간은 열정이 넘쳐났지만, 그 열정이 식으면 불안이 자라났다. 줄어가는 통장의 잔고가, 다음 달 생활비에 대한 걱정이 불안의 크기를 키웠다. 배수의 진을 치겠다고 다짐했지만, 물이 목까지 잠기니 어쩔 수 없었다. 뭍으로 나와 다른 직장을 찾아야 했다.

목까지 물이 잠긴 상태에서 내린 의사결정은 제대

로 된 것일 리가 없었다. 전보다 더 나을 것 없는 직장으로 들어갔고, 똑같은 실수를 되풀이했다는 생각에 후회했다. 그러다 이제 다시는 같은 실수를 되풀이하지 않겠다는 마음으로, 이번엔 정말 배수의 진을 치겠다는 마음으로 퇴사했지만, 몇 달 가지 못하고 전에 했던 실수를 되풀이했다. 마음은 물이 머리까지 잠겨도 버틸 수 있을 것 같았지만, 막상 어깨까지만 차올라도 불안한 게 인간이었다.

어떻게 흘러갈지 모르는 인생에서 최소한의 대책은 필요하다고 생각한다. 그 대책이 내 발목을 잡는 것처럼 느껴질 때가 있다. 하지만 돌이켜 보면 그것 때문에 오히려 맘 편히 다음 스텝을 준비할 수가 있었다. 두둑한 주머니가 앞으로 나아가는 데 불편하게 느껴질 수도 있지만, 시간이 흐를수록 주머니 안에 있는 것들이 더 나아갈 힘을 주는 경우가 많았다.

주식 이야기로 시작했으니 주식 이야기로 끝을 맺자

면, 흔들리는 주식 시장에서도 현금이 두둑하면 마음이 편안하다고 한다. 지금이 아니면 안 될 것 같은 마음에 당장이라도 전 재산을 걸어 투자해야 할 것 같지만, 항상 매수 기회는 다시 찾아온다. 우리의 삶도 그럴 것이다. 'Now or Never'가 아니라 'Now'가 반복되는 게 곧 삶이니까.

불안하지만 기대되는 인생

불확실한 삶이라 오늘이 불안한 게 인생이라지만,
불투명한 삶이라 내일이 기대되는 것 또한 인생이다.

오늘은 불안하지만, 내일을 기대하며,
내일이 두렵지만, 저 멀리 보이는 빛을 따라,
뿌옇게 드리운 안개를 헤쳐나가다 보면,
언젠가는 환하게 빛을 비추는 등대 앞에
설 수 있지 않을까.

등대 앞에서 내가 걸어온 길을 돌아보며,
이곳에 다다르기 위해 이토록이나 힘들었구나, 하고
기쁨의 눈물을 흘릴 수 있지 않을까.

뭐라도 되겠지

내가 좋아하는 일이 있었다. 이걸 한다고 해서 돈이
되는 것도 아니고, 취업에 유리한 경력이 되는 것도
아니고, 누가 대단하게 생각해주는 것도 아니었다.
남들이 '너 이거 해서 뭐가 되려고 그래?'라고 물으
면 '나도 잘 모르겠다.'라고 답할 수밖에 없었다. 정
말 나도 뭐가 되려고 이러나 싶었기 때문이다. 이걸
계속한다고 해서 뚜렷한 뭔가가 된다는 보장이 없었
기 때문이다.

그랬다. 나도 내가 뭐가 될진 몰랐다. 하지만 뭐라
도 되겠지, 라는 확신이 있었다. 계속해서 이렇게 사
람을 만나고, 고민을 듣고, 그 과정에서 드는 생각
을 표현하고, 말하고, 쓰다 보면, 뭐라도 되겠지, 라

는 생각이었다. 계속 이렇게 살다 보면 나 같은 사람을 필요로 하는 기업에 취업할 수도 있겠지, 진로 관련된 기관이나 학교에서 강연이라도 불러주겠지, 정 안 되면 내가 단체를 만들어 운영이라도 하겠지, 라는 생각이었다. 정말 '뭐라도' 될 거라는 것에는 의심의 여지가 없었다.

무언가를, 특히 내가 좋아하는 일을 계속해서 한다면, 그 무언가가 다른 무언가로 파생될 수밖에 없다는 아주 당연한 사실을 믿었기 때문이다. 그 다른 무언가가 뭐가 될진 모르겠지만, 뭐라도 된다는 확신이 있었기 때문이다. 그 '뭐라도'가 글을 쓰고, 출판사를 운영하는 지금의 내가 될 줄은 상상도 못 했지만 말이다.

결국은 내가 좋아하는 일이 글이라는 수단을 만나 지금의 삶을 살고 있다. 그리고 요즘에도 문득 그런 생각을 한다. 계속 이렇게 글을 쓰고, 고작 내 책을 빠듯하게 낼 수 있는 출판사지만 계속해서 즐겁게 운영하다 보면, 미래의 나는 어떤 모습을 하고 있을까, 라는 생각. 생각은 꼬리에 꼬리를 문다. 그리고 언제나 이렇게 종결된다. '뭐라도 돼 있겠지.'라고.

쓸데없는 것이 쓸모있는 것

대학교 4학년, 인문고전 독서 동아리를 만들었다. 부모님은 쓸데없는 거 그만하고 취업 준비나 하라고 하셨다. 친구들은 취업 준비를 하느라 내 쓸데없는 짓에 관심을 주지도 않았다. 그래도 하고 싶었다. 그래서 했다.

사람들을 모아 향연, 국가, 자유론, 행복론 등 잘 이해도 되지 않는 책들을 읽었다. 그런데 이해는 중요하지 않았다. 책을 읽고 토론을 하면서 '전에 해보지 않았던 생각'을 할 수 있었다. 자유에 대해 생각했고, 행복에 대해 고민했다. 그리고 선택, 후회, 책임에 관해 이야기했다. 취업엔 도움이 되지 않는 주제들이었지만, 내 삶을 숨 쉬게 하는 주제들이었다.

10년 전, 그 쓸데없는 동아리를 시작하지 않았더라면, 난 지금과 다른 삶을 살고 있었을 것이다. 아마 내가 원치 않는 삶을 살고 있었을 것이다. 사람들과 고민을 나누는 일도 없었을 것이고, 사람들과 소통하며 강연하는 일도 없었을 것이다. 아마 글을 쓰지도 않았을 것이고, 출판사를 만들지도 않았을 것이다. 지금의 내가 그토록 좋아하는 일들은, 내 삶에 없었을 것이다. 그 쓸데없는 걸 하지 않았더라면, 스스로 쓸모없다고 생각하는 삶을 살고 있었을 것이다.

항상 그랬다.
지금의 내 삶을 쓸모 있게 만들어준 건,
과거에 주변에서 쓸데없다고 말하는 것들이었다.

지금의 내가 과거의 나에게 해주고 싶은 말

아무리 미래를 예상해봤자 네 인생은 절대
그 예상대로 흘러가지 않을 거라는 거.

순간의 결과가 좋지 않더라도
그 결과가 예상치 못한 기회를 만들 수도 있다는 거.

'난 어디로 향하고 있는 걸까?'
라고 생각이 드는 연관성 없는 선택의 합이
결국, 훗날의 너를 만들 거라는 거.

그러니까 그만 좀 재고,
뭐든 그냥 한 번 선택해보라는 거.

휴식이 필요하다는 신호

아무런 의욕이 안 생긴다거나, 이유 없이 예민하다거나, 갑자기 모든 걸 내려놓고 싶다는 생각이 반복된다면 휴식이 필요하다는 신호다.

휴식의 방법엔 여러 가지가 있다. 마음을 비우기 위해 명상을 해도 좋고, 기분 전환을 위한 여행을 떠나도 좋다. 시간이 없다는 이유로 보지 못했던 영화를 온종일 봐도 좋고, 알람을 끄고 지겨울 때까지 잠을 자도 좋다.

여기서 중요한 건, 나의 의욕을 떨어뜨리는, 나를 예민하게 만드는, 모든 걸 내려놓고 싶게 만드는 '그것'과 잠시나마 떨어져 있는 것이다. 먹든, 자든, 떠나든 휴식의 방법은 스스로 택하되 나를 지치게 만드는 그것을 잠깐만이라도 차단하는 것이다.

쉬는 동안엔 날 지치게 했던 그것이 들어오도록 허락하지 말자. 매정하게 차단하고, 온전히 쉬는 행위에만 집중하자. 내 지친 마음이 조금이라도 회복될 틈을 주자. 그 잠깐의 틈이, 날 나아가게 만든다.

10년의 의미

"어떤 일이든 10년을 하면 그 분야에서 성공하게 된단다."

무일푼으로 미국으로 떠나, 집이 없어 길거리에서 지내야만 했던, 뒤늦게 막노동을 하며 대학을 다녔던, 한의학을 공부하며 한의사를 꿈꾸게 됐던, 지금은 미국에서 한의사로 일하고 있는 외삼촌이, 스무 살의 내게 해준 말이다.

하지만 난 대학을 졸업하고 퇴사를 반복했다. 외삼촌의 말과 정반대로 살았다. 10년은 내게 너무 가혹한 시간이었다. 1년도 제대로 버티지 못하고 그만두기를 수없이 반복했다. 이것도 못 견뎌서 앞으로 어떻게 살아갈 거냐는 소리를 수도 없이 들었다.

하지만 마음을 담을 수 없는 길 위에서 10년을 버텨내는 삶을 살긴 싫었다. 성공이 보장된 길이라 해도 그런 식이라면 성공이 의미가 없어 보였다. 솔직히 말하면, 10년을 버텨낼 자신이 없었다.

그렇게 세월이 흘러 삼촌이 계시는 미국에 다시 들렀다. 정말 오랜만이었다. 삼촌은 여전히 한의원을 운영하고 계셨다. 삼촌과 그동안 나누지 못했던 대화를 나누며 깨달았다. 삼촌이 말씀하셨던 10년은, 버팀의 10년이 아니었다는 것을.

삼촌은 어렸을 적 집이 가난해 뒤늦게 시작했던 공부가 너무 재밌었다고 했다. 그중에서도 한의학을 공부하는 것이 가장 즐거웠다고 했다. 집에서 두 시간이 걸리는 거리를 운전하며 대학을 다니면서도, 그만두고 싶다는 생각은 하지 않았다고 했다. 직접 한의원을 차리는 꿈을 꾸며 보냈던 그 시간이, 자신의 인생에서 가장 의미 있는 시간이었다고 했다. 삼촌의 10년은, 자신의 가치와 맞지도 않으면서 억지로 버티는 시간이 아니었다. 삼촌의 10년은, 수많은 역경 속에서도 자신의 삶을 즐겁게 여행하는 시간이었다.

서른이 훌쩍 넘어 내가 좋아하는 일, 내가 가치 있다고 생각하는 일을 시작하게 됐다. 물론 좋은 일만 있을 순 없겠지만, 돌이켜 보면 참 즐거운 여행이었다고 생각할 수 있는, 그런 10년을 보내고 싶다. 10년 후의 성과를 떠나, 내가 좋아하는 일과 함께 10년을 보냈다는 것 자체만으로도 '내 삶 참 성공했다.'라고 말할 수 있는, 그런 삶을 살고 싶다.

어떤 일이든 10년을 하면 그 분야에서 성공하게 된다는 삼촌의 말을, 이제야 조금은 이해할 수 있을 것 같다.

인생이 여행 비자 같다면

지문이 닳아 없어질 정도로 청소를 했지만, 급여는 그에 한참 못 미치는 일을 했다. 몸은 힘들고 돈은 쌓이지 않았지만, 즐거웠다. 가끔 하늘에 걸려 있는 무지개를 보는 것만으로도, 너른 들판에 뛰어다니는 캥거루와 나무 위에 매달려 있는 코알라를 보는 것만으로도 즐거웠다. 비 오는 날, 비를 맞으며 야외 수영장에서 수영하는 것만으로도 마냥 신이 났다. 일을 마치고 땀을 뻘뻘 흘린 상태로 냉동실에 살짝 얼려둔 맥주 한 캔 마시면, 그게 곧 행복이었다.

온몸에 유릿가루가 박히는 고통 속에서 단열재를 설치하는 일을 했다. 더군다나 역대급 무더위였다. 하지만 즐거웠다. 일을 마치고 나무 그늘에 누워 동료들과 이야기를 나누는 것만으로도, 다음 작업 장소로 이동하는 차에서 서늘한 바람을 맞으며 팝송을 듣는 것만으로도 즐거웠다. 좁은 지붕 아래서 동료들과 수다를 떨며 작업하는 것마저도 즐거웠다. 일을 마친 후 습관처럼 찾았던 진저 비어의 맛은 아직도 잊을 수가 없다.

호주에서의 일이다. 이 외에도 더 많은 일을 했고, 더 많은 즐거움을 느꼈다. 뭐가 그렇게 즐거웠던지. 환경은 지금과 비교할 수 없을 정도로 열악했지만, 모든 게 즐거웠다. 물론 힘든 일도 있었지만, 그런 게 대수롭지 않게 느껴질 정도로 즐거운 날들이었다. 당시의 난 뭐가 그렇게 즐거웠을까. 지금의 난, 왜 그때 그 시절을 이토록 그리워할까.

그때의 난 미래를 걱정하지 않았다. 비자가 허락해주는 기간, 딱 1년만 생각했기 때문이다. 그래서 하루를 소중히 여길 수 있었던 것 같다. 평소 같으면 지나쳤을 사소한 사건들이 당시의 나에겐 너무나 소중했다. 길을 걸으며 봤던 풍경, 일하면서 동료들과 나눴던 대화, 내가 먹었던 음식, 내가 걸었던 거리, 그 모든 게 소중했다. 그렇기 때문에 그 시절의 나는 '지금'을 즐기며, 행복한 나날을 보낼 수 있었다.

요즘의 난 미래를 생각하는 일에 많은 시간을 쏟고 있다. 미래를 걱정하느라 내 주변에 있는 소중한 것을 지나친다. 지금 내 눈 앞에 펼쳐진 풍경엔 눈을 감고, 실재하지 않는 미래엔 눈을 부릅뜬다. 하루 세 끼를 시리얼로 때우던 그때와는 비교할 수 없을 정도로 충분한 삶이다. 그런데 지금의 난, 그때의 나보다 행복하다고 말할 수 있을까.

얼마나 가졌느냐, 어디에 있느냐, 이따위 것들은 행복의 본질이 아님을 알고 있다. 내게 주어진 지금, 이 순간을 최대한 충실하게 보내는 게 행복의 가장 큰 조건이라는 걸 잘 알고 있다. 그런데 왜 그 사실을 매번 잊는 걸까. 호주에서의 비자 기간이 1년이었던 것처럼, 지금 내게 주어진 시간이 딱 1년이라면 절대 잊지 못할 텐데.

오늘 미세먼지 가득한 하늘을 보며, 이런 생각을 했다. 내 인생에도 비자가 발급된다면, 그 기간을 1년으로 두고 싶다고. 그리고 내가 현재에 충실한 나날을 보낸다면, 그 기간을 1년 더 연장해주고 싶다고. 삶이 그렇게 흘러간다면, 지금과는 한참 다른 삶을 살고 있을 것만 같은데.

다시는 잊지 말아야겠다. 아직 펼쳐지지 않은 미래가 아니라 지금 내 눈 앞에 펼쳐진 현재의 삶이 소중하다는 것을. 바로 여기, 내 곁에 있는 것을 소중히 여겨야 한다는 사실을. 지금, 이 순간을 충실히 살아야 행복이 다가온다는 사실을.

그래, 내게 주어진 인생 비자 기간은 딱 1년이라는

마음으로 현재를 살아야겠다. 현재를 충실히 보내야만 삶의 기간이 1년씩 늘어난다는 마음으로 현재를 놓치지 말아야겠다. 그러니까 앞으론 미래를 걱정하느라 현재를 흘려보내지 말고, 지금, 현재에 충실한 삶을 살자.

타인과 나 사이

화풀이

우리는 인생에서 별로 중요하지 않은 사람으로부터
상처를 받고, 삶에서 가장 소중한 사람에게 스트레
스를 푼다.

그저 그 사람이 항상 곁에 있다는 이유로.

한라산의 어느 바보

한겨울, 한라산에 올라갔다. 길 양옆으로 눈이 수북이 쌓여 있었다. 눈 때문에 길은 딱 한 사람이 지나갈 수 있는 수준이었다. 덕분에 속도가 더딘 앞사람에게 길이 막히는 상황이 반복됐다. 그래서 "잠시만요."하고 양해를 구하고, 앞사람이 길을 비켜주면 다시 빠른 속도로 산을 탔다. 하산 길도 마찬가지였다. 내 빠른 속도 때문인지 하산 길에 "잠시만요."를 몇번이나 외쳤는지 모른다. 나는 지루한 하산 길을 빠른 속도로, 내 페이스에 맞춰 잘 가고 있었다. 그가 나타나기 전까지는.

내 뒤에서 서걱서걱, 아이젠이 눈을 밟는 소리가 들렸다. 그 소리는 점점 가까워지기 시작했고, 빠른 속도로 가던 나는 속도를 더 올리기 시작했다. 비켜주기 싫었다기보단, 내가 속도를 조금 더 올리면 굳이 비켜주지 않아도 될 것이라는 생각 때문이었다. 그런데 무슨 작정이라도 한 것처럼 그도 속도를 올리기 시작했다. 뒤를 돌아보진 않았지만, 소리로 알 수 있었다. 그의 거친 숨소리가 내 귀에 들릴 정도였으니까.

왜 그랬는지 모르겠지만, 나는 속도를 더 올렸다. 미끄러운 눈길을 거의 달리다시피 걸었다. 그러다 보니 휘청거리기도 했고, 발을 잘못 디뎌 눈에 발이 빠지기도 했고, 눈에 녹은 물웅덩이에 발이 빠져 양말이 젖기도 했다. 아니, 그런데도 그의 거친 숨소리는 여전히 내 귀를 때렸다. 결국, 나는 속도를 늦추고 "먼저 가세요."라며 길을 비켰다. 그는 나를 앞지르더니 저 멀리 날아갔다.

그를 보내고 다시 내 페이스를 찾았다. 무리하지 않

아도 되는, 평소의 빠른 걸음으로 내려왔다. 돌에 걸릴 일도, 눈길에 미끄러질 일도, 물웅덩이에 젖을 일도 없었다. 그렇게 하산을 마치고 내려와 짐을 정리하려는데, 이미 다 정리를 마치고 어딘가로 향하고 있는 그의 뒷모습이 보였다. 그를 보며, 왜 그에게 길을 내어주지 않았을까, 왜 괜한 오기를 부렸을까, 생각했다.

숙소로 돌아왔는데 온몸이 쑤셨다. 이제는 제법 단련됐다고 생각했던 다리도 뻐근했다. 오른쪽 발목, 심지어 등과 손목에도 통증이 있었다. 참 어리석었다. 뒤처지기 싫어 내 페이스를 잃어버린 게. 참 멍청했다. 굳이 그 사람의 속도에 맞출 필요가 없었는데. 참 바보 같았다. 잠깐 비켜주고 내 페이스에 맞춰 가면 될 일이었는데.

내가 아니라 남을 따라가다 보면,
사람은 바보가 되나 보다.

남들이 하지 말라는 거

한 번쯤은 남들이 하지 말라는 일을 고집부려가며 해보길 바란다.

고집부린 결과가 성공이라면, 다수의 의견이 꼭 답은 아니라는 것을 깨닫게 될 것이다. 실제로 뛰어들기 전까지는 아무도 결과를 예측할 수 없다는 사실을 깨우치게 될 것이다.

고집부린 결과가 실패라면, 때론 타인의 의견을 귀담아들을 필요가 있음을 깨닫게 될 것이다. 아무리 노력해도 결과는 내 기대를 배신할 수 있다는 값진 교훈을 얻게 될 것이다.

어떤 결과든 당신은 그 과정에서 성장할 것이다. 하지만 남들이 반대한다는 이유로 고집을 꺾고 자신이 원하는 선택을 하지 않는다면, 남는 건 가슴 한편에 수북이 쌓인 '미련' 밖에 없을 것이다.

내가 즐거운 속도로

매번 아스팔트 위에서 달리다가 어제는 운동장의 육
상 트랙에서 달렸다. 축구 경기장 주변으로 원을 그
리고 있는 트랙을 보니, 가슴이 두근거렸다. 하지만
달리기 시작한 지 얼마 안 돼 재미를 잃었다. 정해진
코스를 반복해서 뛰어야 한다는 게 너무 지루했기
때문이다. 방금 돌았던 코스를 스무 바퀴나 더 돌아
야 한다고 생각하니 생각만으로 지쳐버렸다. 그래서
목표로 했던 거리의 절반만 뛰고 달리기를 마쳤다.
집으로 돌아오는 길, 괜히 웃음이 나왔다. 조금 전의
달리기가 내 삶을 말해주는 것만 같아서.

어렸을 적부터 타인이 이해하지 못하더라도 자신
의 길을 묵묵히 걷는 사람, 사회가 규정한 틀에서 벗

어나 스스로 틀을 창조하며 살아가는 사람을 동경
했다. 어느덧 시간이 흘러 내가 그들의 나이가 됐을
때, 나 또한 자연스레 '트랙 밖의 삶' 위에 서 있었
다. 내가 택한 삶은 만만치 않았다. 땅이 고르지 않
아 다리가 무거웠고, 가끔 튀어나오는 장애물에 부
딪혀 다치기도 했다. 하지만 차라리 그게 나았다. 그
게 내게 더 어울렸다. 그래서 계속 그렇게 살아왔다.

'어디서 뛰느냐가 뭐가 중요해, 어디서 뛰든 내가 즐
길 수 있느냐가 중요한 거지. 정해져 있는 트랙을 따
라 뛰는 게 편한 사람도 있고, 불안하고 두려워도 가
슴 두근거리는 트랙 밖으로 나가 뛰는 게 맞는 사람
도 있는 거지. 각자가 신나게 달릴 수 있는 곳이 있
으면, 그냥 그곳에서 신나게 달리면 되는 거지.'라고
생각했다.

어느 곳이든 내가 재밌게 달릴 수 있는 곳에서,
내가 즐거운 속도로 달리자고 다짐했다.

동료, 같은 속도로 걷는 사람

가끔은 내가 너무 느리게 걷고 있는 게 아닌가 하는 마음에 불안하기도 하다. 나를 제외한 모든 사람이 같은 방향으로 달려가는 모습을 볼 때 특히 그렇다. 나도 왠지 그 방향으로 뛰어야 할 것 같은 마음이 생긴다. 내가 잘못된 방향으로 가고 있는 건 아닐까 조바심이 난다.

그럴 땐 나와 비슷한 속도로 걷고 있는 사람을 만날 필요가 있다. 타인의 속도를 신경 쓰지 않고 묵묵히 자신의 길을 걷는 사람, 자신의 길에 믿음을 갖고 걸어가는 사람, 자신의 길을 아끼는 만큼 타인의 길도 존중해 주는 사람을 만나야 한다.

그들과 함께 걷다 보면 틀린 길은 없다는 사실을 깨닫게 된다. 모든 길이 옳은 길이라는 사실을 깨우치게 된다. 그들의 삶을 통해 내 삶에 대한 확신이 자라나고, 나 혼자만 이런 길을 걷는 게 아니라는 안도감에 출렁이던 마음은 이내 잔잔해진다.

내 길에 대한 확신이 줄어들고 불안이 늘어난다면, 내 길을 의심하게 하는 사람을 멀리하고, 내 길을 사랑하게 만드는 사람을 곁에 둬야 한다. 나와 비슷한 속도로 삶을 여행하는 동료를 곁에 둬야 한다.

어디에서나 같을 필요 없다

난 회사에서 조용한 사람이었다. 업무 외에 필요 없
는 이야기는 꺼내지 않았고, 감정을 잘 드러내지도
않았다. 동료들과 인간적인 관계를 맺으려 노력하지
도 않았고, 회식에도 잘 참여하지 않았다. 그들에게
나는 내성적이고 조용한 사람이었다. 그게 나였다.

회사 밖에서 나는 외향적인 사람이었다. 대중 앞에
서 내 삶을 이야기하고, 다른 사람의 이야기를 공유
하기 위해 토크쇼를 기획했다. 처음 만나는 사람과
깊은 대화를 나누는 게 즐거웠고, 오래된 친구들을
만나 술 마시기를 좋아했다. 그것도 나였다.

모든 상황에서 일관적인 태도를 유지하는 건 참 피

곤한 일이라는 걸 깨달았다. 모든 환경에서 밝고 유쾌한 사람이 되어야 한다는 건, 정말 힘든 일이라는 걸 깨달았다. 그래서 이쪽에서는 이런 면을, 저쪽에서는 저런 면을 보여주기로 했다. 상황에 따라 태도를 선택하기로 했다.

지금도 난 어떤 곳에선 조용하고 진중한 사람이다. 그리고 어떤 곳에선 외향적이고 가벼운 사람이다. 정말 가까운 사람에게는 바보 같은 사람이기도 하고, 아이 같은 사람이기도 하다.

이 모든 게 나라는 걸 알고,
어느 한 태도로 일관하지 않아도 된다는 걸 알자,
삶의 무게가 조금은 가벼워졌다.

어중간한 30대

30대는 어중간하다. '나'와 '타인이 바라보는 나' 사이의 갭이 커진다. 달라지는 건 앞자리 숫자가 2에서 3으로 바뀌었다는 사실 하나지만, 그런 나를 바라보는 시선은 크게 바뀐다.

이상을 품고 있어 멋있다고 말하던 이들이, 아직도 그런 걸 품고 있냐며 정신을 차리라 말한다. 어린 나이에 다양한 경험을 한다며 칭찬하던 이들이, 아직도 한곳에 정착하지 못했다며 꾸짖는다. 네 나이엔 돈보단 꿈이라고 말하던 이들이, 그 나이 되도록 돈도 제대로 모아두지 않고 뭘 했냐며 나무란다. 단지 2라는 숫자가 3으로 바뀌었다는 사실 하나 때문에.

사실 생각해보면, 30대라는 나이가 어중간한 게 아니라 30대를 바라보는 타인의 시선이 날 어중간하게 만든 것이었다. 내 생각과 내 가치관과 날 지지하는 사람들은 여전한데, 날 저 멀리서 바라보던 별 어쭙잖은 사람들의 시선만 변한 것이었다. 내가 변한 게 아니라 그들이 변한 것이었다.

그들의 시선이 변했다고 해서 내 태도가 바뀌어야 할까. 갑자기 그들의 잣대가 변했다고 해서 내가 그것에 맞춰 살아가야 할까. 답은 이미 알고 있다. 그러니 타인의 고정관념에 놀아나지 않고, 그냥 내 30대를 살련다. 아니, 그냥 내 삶을 살련다.

목표는 날 위한 것

타인을 넘어서겠다는 목표는 자칫 삶에 독이 될 수
도 있지만, 어제의 나를 넘어서겠다는 목표는 삶의
원동력이 될 수 있다. 너무 먼 미래를 내다보게 하는
거창한 목표는 삶을 지치게 만들 수도 있지만, 당장
내일이라도 닿을 수 있는 목표는 삶에 활력이 될 수
도 있다.

20대 초반의 나는 타인을 의식하며, 누군가에게 보
여주기 위해서 목표를 세웠던 것 같다. 크고 화려했
다. 겉멋 가득한 목표들이었다. 하지만 서른 중반의
나는 '더 나은 나'를 위해 목표를 세우려 노력한다.
타인이 아니라 나를 비교 대상으로 삼고, 까마득히
먼 미래가 아니라 가까운 시일 내에 닿을 수 있는 작

은 목표를 계속해서 만들어 나가고 있다. 목표는 '타인이 바라보는 날 위한 것'이 아니라 그저 '나 자신'을 위한 것임을 이제야 깨닫는 중이다.

각자가 감당할 수 있는 수준이 있다

월급이 당분간 끊겨도 큰 불안 없이 살 수 있는 사람
이 있고, 매달 통장에 찍히던 월급이 한 번이라도 안
찍히면 불안해서 살 수 없는 사람이 있다.

매일 똑같은 만 원짜리 티셔츠를 번갈아 입으면서
살 수 있는 사람이 있고, 옷장 안에 명품 옷이 가득
하지 않으면 상대적 박탈감에 잠이 들지 못하는 사
람이 있다.

상대적으로 적은 월급을 받아도 여가가 많으면 그
시간을 활용해 자기만의 무언가를 만들어갈 수 있는
사람이 있고, 월급이 적다는 사실에 스트레스를 받
으며 남는 시간을 술로 지새우는 사람이 있다.

나와 다른 누군가를 보고 섣불리 선택하다간 큰코다
칠 수 있다. 각자의 생활 수준이 있고, 각자가 감당
할 수 있는 시련의 크기가 있고, 각자가 추구하는 가
치관의 차이가 있다. 남은 되지만 나는 안 되는 것,
남은 포기할 수 있지만 나는 포기할 수 없는 것이 있
다. 그걸 알아야 한다. 그래야 선택의 후회를 줄일
수 있다.

서두르라던 사람들

취업을 준비하던 사람들은 내게 서두르라고 했다. 너무 늦었다고, 서두르지 않으면 안 된다고 했다. 하지만 그들이 취업에 성공하자 말이 바뀌었다. 지금도 늦지 않았다고, 네가 진짜 원하는 게 무엇인지 진지하게 고민해 보라고 했다. 절대 서두를 필요 없다고 했다.

스무 살 적에 만난 외삼촌은 내게 꿈을 이루기 위해 치열한 삶을 살아야 한다고 했다. 목표를 정하고 그 목표를 이루기 위해 치열하게 노력하면 뭐든 해낼 수 있다고 했다. 하지만 10년이 지난 지금의 외삼촌은 다르다. 인생은 꿈을 허무는 과정이라 말한다. 치열하게 달려오느라 놓친 삶의 여유를 말한다.

걸어온 발걸음이 많아질수록 '빨리'를 외치던 사람들은 '천천히'를 말한다. 달려온 거리가 늘어날수록 '치열한 삶'을 외치던 사람들은 '여유 있는 삶'을 갈망한다. 앞을 내다보면 조급하고 불안하지만, 막상 원하던 곳에 도착해 뒤를 돌아보면 내가 무엇을 위해서 이렇게 달려왔나, 싶은 게 인생인가 보다. 그래서 앞을 보고 달려가다가도 종종 뒤를 돌아보며 걸어야 하나 보다.

피해야 할 사람

모든 상황에 습관처럼 불편함을 느끼는 사람은 주변에 두지 않는 게 좋다. 불평은 습관처럼 늘어놓지만, 상황을 개선하기 위해 행동하는 건 끔찍이도 싫어하는 사람을 멀리해야 한다. 그런 사람은 감사함을 느낄만한 상황도 불편하게 만들어버리는 재주를 갖고 있다. 백 개의 감사한 상황 속에서도 단 하나의 불편함을 찾아 불평하는 게 습관이 된 사람이다. 그런 사람에게 익숙해지게 되면, 내 삶 또한 불편함으로 가득해지기 마련이다.

열악한 상황 속에서도 누군가는 감사함을 찾고, 감사한 상황 속에서도 누군가는 불편함을 찾는다. 두 말할 것도 없이 감사함을 찾는 사람에게는 더 감사한 상황이 생기고, 불편함을 찾는 사람에게는 더 불편한 상황이 생긴다. 그리고 불편한 게 습관이 된 사람을 곁에 두는 사람은, 나도 모르는 사이 불평 많은 사람이 되어 불편한 상황을 맞이하게 된다.

혼자가 아니다

카페를 운영하면서 우울감에 허우적거릴 때가 있었
다. 크게 티를 내지 않는 성격이라 남들은 잘 몰랐을
것이다. 사실 나도 잘 몰랐다. 약간 힘에 부친다는
느낌이었는데, 지금 생각해보면 아니었던 것 같다.
가슴이 답답한 기간이 길어지고, 공간 안에 갇혀 있
다는 생각이 깊어졌다. 수면 아래로 점점 잠기는 기
분이었다.

그러던 어느 날, 나보다 한참 어린 동생이 카페에 놀
러 왔다. 어린 나이에 자신의 꿈을 이뤄 그 꿈을 향
해 나아가는 동생이었다. 나도 모르게 동생에게 이
런저런 고민을 토로했다. 그렇게 한참 고민을 나누
다 보니, 마음이 조금은 후련해졌다. 형 고민을 한참

이나 들어주던 동생은 집으로 돌아가는 길에 내게
이렇게 말했다. "형, 힘내요. 나도 요즘 상담받고 다
녀요."

항상 웃고 다니던 동생도 나름의 고충이 있었나 보
다. 남들이 보기엔 괜찮은 것 같아도, 본인의 속은
곪아가고 있었나 보다. 그런데 그 한 마디에 묘한 위
로를 받았다. 힘내, 할 수 있어, 라는 격려의 말보다
'나도 그래.'라는 한마디 공감의 말에, 그간 쌓여있
던 우울감이 씻겨 내려가는 기분이었다.

나 혼자만 고민하는 것 같다는 생각이 들 때,
사람은 힘이 드나 보다.
나 홀로 고민하는 게 아니라는 사실을 깨달을 때,
사람은 위로를 받나 보다.
함께 고민하는 사람이 곁에 있을 때,
사람은 힘을 내나 보다.

자기만의 성

어릴 땐, 누구나 자기 자신만의 성을 짓는다. 생각이 뻗는 대로, 손이 닿는 대로, 자신이 원하는 대로 짓는다. 그리고 그 안에서 만족하며 즐겁게 살아간다.

그러다 시간이 흐르면 성 밖으로 나와야 할 시기가 온다. 그리고 다른 사람들의 성과 자신의 성을 비교할 수밖에 없는 시기가 온다. 그때 누군가는 자신의 성을 허물고, 누군가는 자신의 성을 견고히 한다.

누군가는 자신의 것보다 화려한 타인의 성을 보고, 자신의 성을 하찮게 여기기 시작한다. 전엔 보이지 않던 허점들이 보인다. 그래서 부끄러운 자신의 성을 허물고, 타인의 성을 따라 짓는다. 자신의 정체성을 잃고, 타인의 껍데기를 어설프게 베낀 성이 탄생한다. 다시 지어놓고 보니 본인도 뭔가 잘못된 것 같다고 느끼지만, 허물고 다시 지을 자신이 없어 그냥 그렇게 산다.

누군가는 수많은 타인의 성을 보고도 자신의 성을 탓하지 않는다. 단점을 찾기보다 남들에겐 없는 장점을 찾는다. 틀린 게 아니라 다르다고 생각하며, 그 다름을 독창성이라고 생각한다. 그렇게 자신을 잃지 않고, 꾸준히 자기만의 성을 만들어나간다. 남들이 자신의 성을 허물고 타인의 성을 따라 만드는 동안, 그들이 무엇을 하든 신경 쓰지 않고 묵묵히 자기만의 성을 쌓아나간다.

그렇게 한 사람의 성이 완성되면,
처음엔 이해하지 못해 무시하던 사람들도,
나중엔 자신의 안목을 탓하며 박수를 보낸다.
그렇게 한 사람의 삶이라는 예술이 탄생한다.

이렇게 살아도 괜찮아요

나이는 어리지만, 인생 경험은 나보다 훨씬 많은 동생을 찾아가 고민을 토로한 적이 있다. 하고 싶은 걸 하면서 돈을 버는 방법은 없을까, 매달 월세와 생활비를 내고 나면 남는 돈이 없는데 이래도 괜찮은 걸까, 이 나이에 과연 이래도 되는 건지 나 자신을 의심할 때가 있다, 라며 내 마음속에 있던 응어리를 토해냈다. 그렇게 이야기하는 것만으로도 마음이 조금은 후련해졌다.

그런데 가만히 듣고 있던 동생은 이렇게 말했다.
"뭐, 어때요. 전 한 달 동안 노숙도 해봤는데요. 한번은 몇 달 동안 친구 집에 얹혀살기도 했어요. 그래도 지금 이렇게 살아가고 있잖아요."

참 신기하게도 그의 이야기를 듣는 순간 모든 고민
이 사라지는 기분이었다. 그때의 내가 필요했던 건,
실질적이고 구체적인 방법론이 아니라 '이렇게 살아
도 괜찮아.'라는 단순한 한 마디 위로였나 보다.

고민의 무게는 상대적이다

부유한 집에서 자란 친구가 있었다. 부모님이 무슨 일을 하시는지는 알 수 없었지만, 그냥 딱 보기에도 잘 사는 집안의 자녀라고 생각이 드는, 그런 친구였다. 그래서 그런지, 그는 주변 사람들로부터 종종 이런 이야기를 듣는다고 했다. "너는 고민이 없겠다."

하지만 아니었다. 그는 내가 아는 그 누구보다 고민이 많았다. 하지만 그 고민을 누군가한테 말할 수 없었다. 네가 무슨 고민이 있겠어, 라는 사람들의 편견 때문이었다. 고민은 상대적이라는 걸 잊어버린 사람들 때문이었다.

사람들의 고민을 듣다 보면 늘 깨닫는 게 하나 있다.

고민의 무게는 상대적이라는 것이다. 누군가에게는 깃털처럼 가벼운 고민이 누군가에게는 가슴을 짓누르는 돌덩이일 수 있다는 것이다. 누군가에겐 부러움을 낳는 환경이 누군가에겐 고통스러운 감옥일 수 있다는 것이다. 그 사실을 모르는 사람들의 편견이 한 사람의 마음을 곪게 만든다는 것이다.

누구나 고민은 있다.
그리고 그 고민의 무게는 상대적이다.

이것만 기억해도, 서로의 고민을 나누는 게 좀 더 쉬워지지 않을까. 이것만으로도 누군가의 고민이 곪아 터지기 전에, 아물게 만들 수 있지 않을까.

항상 늦어서 문제다

사소한 것에 짜증이 나고,
상대의 평소와 같은 말 한마디에 화가 나고,
이곳에서 벗어나고 싶다는 생각이 반복된다면,
당신의 마음이 많이 지쳤다는 뜻이다.

하지만 대부분 마음이 지치면 '내가 많이 지쳐서 예민한 상태구나.'하고 머리가 알아채기 전에, 감정 상태가 먼저 변하게 되고, 그에 따라 행동이 변하게 된다. 비이성적인 선택을 하고 주변 사람들과 다투게 되고, 때론 자신을 자책하며 원망하기도 한다.

그리고 한참이 지나고 나서야, 다툼과 자책과 원망이 지나고 나서야 깨닫는다. 단지 자신이 충분히 쉬지 못해 예민한 상태였다는 걸.

항상 늦어서 문제다.

내 마음이 지쳤음을 아는 건.

누구에게나 고통은 존재한다

한 남자가 있었다. 그는 자신을 제외한 모두가 행복한 것만 같다는 생각에, 자신의 삶을 비관하며 아파트에서 투신하고 만다.

그는 떨어지면서 보게 된다. 돈이 많아 행복할 줄로만 알았던 13층의 사업가는 파산 직전에 몰려 머리를 쥐어뜯고 있고, 잉꼬부부로 소문이 났던 9층의 부부는 잦은 부부 싸움으로 이혼 절차를 밟고 있고, 권력과 명예를 얻어 사람들의 부러움을 샀던 5층의 노인은 곁에 의지할 사람이 없어 쓸쓸한 노년을 보내고 있음을.

자신이 제일 불행하다고 생각했던 그는, 죽기 직전

에 깨닫게 된다. 다들 겉으론 행복해 보이지만, 속으로는 각자의 고통을 삼키며 살아가고 있었다는 것을. 나만 불행한 게 아니었다는 사실을.

내 삶은 참 퍽퍽한데 다른 사람들은 다들 행복해 보이네, 라는 어리석은 생각에 빠져있을 때 봤던 어느 단편 만화의 내용이다. 당시의 나는 내 힘듦에 지나치게 집중한 나머지, 내가 보는 타인의 행복은 순간에 불과하다는 것을 잊고 있었다. 모두 찰나의 행복한 순간을 위해 수많은 고통을 감내하며 살아간다는 것을 잊고 있었다. 누구에게나 떠안고 있는 고통을 나 혼자만의 것이라고 믿는 게 곧 불행의 원인이라는 사실을 잊고 있었다.

고민은 나눠야 한다

재산은 나누면 배가 아플 수도 있고, 먹을 건 나누면 배가 고플 수도 있지만, 고민은 그렇지 않다. 고민은 나누는 것만으로도 위로가 된다.

한참 고민이 많았을 때, 나는 사람들을 찾아다녔다. 주변 지인들에게 커피를 사면서 내 고민을 이야기하기도 했고, 온라인으로 의견을 나눴던 사람들을 찾아가기도 했다. 내 미래에 대한 불안의 무게가, 내 삶에 대한 고민의 무게가 무거웠기 때문이다. 하지만 그 무거운 고민도 서로 나누면 조금은 가벼워진다는 걸 알았기 때문이다. 덕분에 고민의 무게에 깔려 죽지 않았던 것 같다. 불안이라는 돌덩이를 다리에 달고 익사하지 않았던 것 같다.

'상대에게 의존하는 건, 한쪽 날개밖에 없는 두 마리의 새가 서로를 부둥켜안고 날아오르려는 것과 같다.' 실존주의 심리학자 어빈 얄롬이 말했던 이 문장을 참 좋아한다. 나는 이 말을 인용하면서 스스로 우뚝 서야 한다고 끊임없이 말해왔다. 하지만 예외는 있다. 고민의 무게가 너무 무거워서 걸어갈 힘조차 없을 때, 그땐 그저 누군가를 부둥켜안고 있는 것만으로도 큰 위로가 된다. 지금 당장은 날지 못하더라도, 회복할 힘을 얻게 된다.

고민은 나누면 나눌수록 힘이 된다.

믿어야 할 사람

조언을 해주는 사람의 역할은
조언의 현장에서 끝난다.

아무리 값진 조언을 해주는 사람도, 내 고민을 자신
의 삶으로 끌어들이진 않는다. 결국, 고민을 고스란
히 집으로 가져오는 건 나 자신이다.

그래서 믿음을 줘야 하는 곳은 조언자보다 나 자신
이다. 타인이 아니라 나 자신을 먼저 믿어야 한다.

당신은 문제가 아니다

'차렷 자세를 강요하고, 불렀을 때 일어나서 뛰어가지 않으면 욕을 합니다. 욕을 그대로 받고 있으면 사내새끼가 욕먹고 기죽어 있냐고 비아냥거리고, 이런 분위기도 적응 못 하면 앞으로 사회에서 어떻게 버틸 거냐 합니다. 이걸 이겨내야 사회생활을 잘 할 수 있는 걸까요?'

메시지로 고민을 받았다. 누군가는 아직도 이런 곳이 있냐며 놀랄 수 있겠지만, 난 별로 놀랍지 않다. 내가 수년 전에 겪었던 일이다. 그리고 요즘에도 많은 사람들로부터 주기적으로 받는 고민이다.

문제는 누구한테 있을까. 폭력적인 기업문화를 만

든 사람의 문제일까, 직장 상사랍시고 부하직원에게 언어폭력을 행사한 사람의 문제일까. 그것도 아니면 마땅히 견뎌내야 할 것을 견뎌내지 못하는 사람의 문제일까.

그래, 인정한다. 이에 대한 답은 사람마다 다를 수 있다. 시대에 따라, 상황에 따라, 각자의 가치관에 따라 문제를 바라보는 시선이 다를 수 있다.

그런데 우리는 언제까지 부조리한 문화에 순응하며 살아야 하는 걸까. 언제까지 부조리한 상황에 적응하기 위해 부조리한 사람이 되어야 하는 걸까. 그 괴리감을 견뎌야 살아남을 수 있는 곳이 사회라면, 그 사회가 바뀌어야 하는 게 상식적인 거 아닌가. 왜 폭력을 견디지 못하는 사람이 자신의 사회성을 의심해야 하는 걸까. 많은 의문을 뒤로하고, 그에게 답장을 보냈다.

'문제가 있는 곳을 박차고 나온다고 해서 당신을 끈기없다고 욕할 수 있는 사람은 없습니다. 혹시나 그곳에서 더 견디겠다는 선택을 한다면, 그 또한 존중받아 마땅합니다. 다만 당신이 문제라는 생각만 하지 않았으면 좋겠습니다. 당신은 문제가 아닙니다.'

결국, 본인이 깨달아야 한다

20대에 가장 많이 들었던 이야기는, 안정성도 생각해야 한다는 이야기였다. 그들에게 안정성은 곧 돈을 뜻했다. 돈 이야기를 지겹게 듣다 보니 괜한 반항심이 생겼다. 도대체 돈을 어떻게 벌어야 하는지에 대한 이야기는 하나도 해주지 않으면서, 고작 해줄 수 있는 조언이라곤 취업하라는 게 전부면서, 돈의 중요성에 대해 말하는 그들 때문에 돈에 대한 부정적인 인식이 쌓일 지경이었다.

그러다 통장 잔고가 바닥이 났다. 그래서 다음 달 월세를 못 내는 지경이 됐다. 그 사실을 깨달은 순간, 내가 해야 할 일은 하나였다. 일을 구하는 것이었다. 돈을 버는 것이었다. 온종일 구인 구직 사이트를 뒤지는 것 외엔 할 수 있는 게 없었다. 그제야 정신을 차리게 됐다. 사람들이 말하는 안정성에 대해 진지하게 생각하게 됐다. 하고 싶은 걸 하더라도, 삶이 흔들리지 않을 만큼의 돈은 꼭 필요하다는 걸 처음으로 깨달았다.

이런 이야기를 하자, 사람들은 '그러니까 내가 돈도 생각하면서 살라고 했잖아.'라고 말했다. 그들의 말이 맞았다. 하지만 내가 직접 깨닫지 않았으면 결코 이해하지 못했을 것이다. 내가 직접 불안정의 극치를 겪다 보니 누가 귀 아프게 말하지 않아도 안정성을 생각하게 된 것이다. 그들의 말 덕분이 아니라, 내 경험 덕분이었다.

결국, 본인이 깨달아야 한다. 타인의 백 마디 말보다 직접 경험한 한 번의 사건이 사람을 움직이게 만드는 법이다.

유연한 생각

항상 내 생계를 걱정하던 형이 있었다. 내 금전적인 부분과 현실적인 부분을 챙겨주던 형이었다. 과거의 나는, 그가 나를 걱정하는 이유를 전혀 이해할 수 없었다. 내 관심 분야 밖의 이야기를 반복하는 그의 이야기를 귀담아듣지 않았다. 나는 돈이 없어도, 그냥 입에 풀칠할 정도만 있어도, 행복하게 살 수 있을 거라고 확신했기 때문이다. 당시의 나는 아무것도 모르면서, 다 안다고 생각했다.

오랜만에 형을 다시 만났다. 그는 여전히 현실적인 이야기를 했다. 그의 말은 과거와 다를 게 없었다. 하지만 나는 달랐다. 그의 이야기를 경청했고, 그의 생각에 공감하며 연신 고개를 끄덕였다. 그의 이야기를 무시하던 과거의 내 확신이 무너진 것이다.

그런 내 생각을 읽어서였을까. 그는 "절대 변하지 않을 거라는 확신보다는 때에 맞게 유연하게 사고하면서 살아가는 게 좋은 삶인 것 같아."라고 말했다. 나는 그의 이야기에 공감하며 자리에서 일어났다. 집에 오는 길, 확신에 차 있던 과거의 내 모습을 떠올렸다. 그때의 내 모습과 지금의 내 모습은 얼마나 달라졌는가. 나는 얼마나 섣불리 확신을 외쳐댔는가.

나이를 먹을수록 깨닫는 게 하나 있다. 모든 건 영원하지 않다는 것이다. 그렇게 굳건했던 내 생각도, 내 주변을 맴돌던 관계들도, 절대 흔들리지 않을 것만 같던 내 가치관도 영원할 수는 없다는 것이다. 무엇 하나 제대로 확신할 수 있는 게 없다는 것이다.

확신하기보다는 유연하게 살아가자는 형의 말이 떠오른다. 섣불리 확신하느라 닫았던 수많은 기회와

관계를 떠올린다. 무엇 하나에 확신하느라 다른 기
회를 닫아버리지 말아야겠다고 다짐한다. 때론 다른
기회와 생각이 들어올 공간을 비워두어야겠다고 다
짐한다.

응원의 가치

누구나 자신의 선택에 대한 확신이 떨어질 때가 있
다. 나도 그렇고, 당신도 그럴 것이다.

그럴 때 필요한 건, 내 선택을 바로 잡으려는 사람들
의 조언과 충고보다 내 선택을 아무 조건 없이 믿어
주는 한 사람의 응원이다.

내 믿음을 죽이는 수많은 말보다,
내 믿음을 살리는 한 마디 응원이다.

이면의 삶

누군가의 삶이 부러워 보인다면 이거 하나만 기억하면 된다. 당신에겐 타인의 삶의 이면까지 들여다볼 능력이 없다는 것.

주식 투자로 큰돈을 만졌다는 사람이 그 돈을 가지고 다른 곳에 투자해 손실을 봤다는 이야기를, 당신은 들을 수 없다. 도곡동에 사는 종합병원의 의사가 삶에 지쳐 축 처진 어깨를 하고 집으로 터벅터벅 돌아가는 모습을, 당신은 볼 수 없다. 매일 화려한 파티를 즐기는 사람이 자신의 주변에 깊은 고민을 토로할 사람이 한 명도 없다는 사실을, 당신은 알 수 없다.

타인의 화려한 겉모습을 보고 나 자신을 비교하며
자존감을 갉아먹는 일을 되풀이하지 말자. 누구나
이면에 드리워진 어두운 구름 사이에 나타날 해를
기다리며, 그렇게 살아가고 있으니까.

어떻게 나아가도 괜찮다

천천히 뛰어도 괜찮다.
주변을 둘러보면 걷는 사람도 있으니까.

걸어도 괜찮다.
공원에 앉아 쉬고 있는 사람도 있으니까.

잠시 쉬어도 괜찮다.
길을 잘못 들어 되돌아가는 사람도 있으니까.

되돌아가도 괜찮다.
어디로 가야 할지 몰라 멈춰 있는 사람도 있으니까.

느려도, 쉬어도, 되돌아가도 괜찮다.

그게 당신의 길이라면,

그게 당신의 길을 찾는 과정이라면.

잘 아는 것과 잘 하는 것

'잘 아는 것'과 '잘 하는 것'은 다르다.

훈수는 기가 막히게 잘 두지만, 실제로 바둑을 두면 매번 지는 사람들. 주식과 관련된 정보는 샅샅이 찾아 다 알고 있지만, 주식 계좌를 트는 순간 돈을 잃는 사람들. 연애에 대한 이론은 강의할 정도로 넘쳐나지만, 단 한 번도 진실한 사랑을 해보지 못한 사람들.

이처럼 이론으로 완벽히 무장했지만, 실전에서 처참하게 깨지는 사람들을 주변에서 어렵지 않게 찾을 수 있다. 그들은 깨지기 전까지, 자신이 다 안다고 생각한다. 그리고 다 알기 때문에 실패하지 않을 거라고 생각한다. 그러나 뒤늦게 깨지고 나서야 깨닫는다. 머리로 아는 것과 몸이 반응하는 건 다르다는 것을. 내가 가지고 있던 건 지혜가 아닌 경험 없는 반쪽짜리 지식이었음을. 결국, 난 아무것도 모르는 사람이었음을.

나는 이렇기도 하고 저렇기도 한 사람입니다

나를 표현하는 수단으로 내 전부를 보여줄 순 없다. 이를테면 글이 그렇다. 거의 매일 올리는 글도 내 생각의 단편에 지나지 않는다. 심지어 한 권의 책도 내 삶을 전부 다 보여줄 순 없다. 음악도 그렇다. 한 곡의 노래가 그 사람의 전부를 설명할 순 없다. 사진도 그렇다. 아무리 공들여 찍은 사진이라도 내가 눈으로 보고 있는 실체를 완벽히 담을 순 없다.

그렇기에 생각했던 것과는 좀 다르네요, 라는 말을 가끔 듣는다. 가벼운 모습을 보이면 진중한 줄 알았다거나, 짧은 상식을 보이면 작가가 그것도 모른다거나, 그런 식이다. 심지어 친한 지인들도 그렇게 말할 때가 있다. 내 책을 보고 과거의 나와 지금의 내가 많이 바뀐 줄 알았다고 했다. 그런 말을 들으면 참 의아했다. 내 책이 곧 내 과거인데, 과거의 내 경험과 생각을 담은 게 내 책인데, 바뀌었을 리가. 아마, 그들이 봤던 내 과거의 단면과 지금 보는 책의 단면이 다른 것뿐이겠지.

자꾸 표현하다 보면 '내 단면'이 사람들에게 노출될 수밖에 없다. 그리고 노출 횟수가 많아질수록 내 단면이 특정 이미지로 굳어질 수 있다. 하루는 가벼운 글을 썼는데 가벼운 사람이 되기도 하고, 하루는 진중한 글을 썼는데 진중한 사람이 되기도 하고, 하루는 냉소적인 글을 썼는데 냉소적인 사람이 되기도 한다. 그 단면을 보고, 사람들은 나라는 사람을 규정 지으려 한다.

어떻게 한 시간짜리 강연이, 한 권의 책이, 한 편의 영화가, 한 장의 사진이 '한 사람'을 대변할 수 있겠는가. 때론 가볍기도, 무겁기도, 냉소적이기도, 대책

없이 희망차기도 한 게 나란 사람인데. 때론 이상적
으로, 때론 현실적으로, 때론 이도 저도 아닌 상태로
살아온 게 내 삶인데.

오만과 자책

일이 잘 풀릴 때 경계해야 하는 것은 오만이고, 일이 뜻대로 풀리지 않을 때 경계해야 하는 것은 자책이다. 온전히 내 힘만으로 이뤄지는 것은 없으며, 반대로 온전히 내 탓만으로 벌어지는 결과 또한 없기 때문이다.

결과는 내가 속한 환경, 나를 둘러싼 사람들로부터 받는 영향 그리고 그 위에 내 선택이 더해져 만들어지는 것이다. 그 외에도 수많은 원인이 얽히고설켜 있을 것이다. 절대 단순하지 않다. 복합적이다.

모든 게 내 덕이라고 생각하는 오만과 모든 게 내 탓이라고 생각하는 자책은 마음의 병을 키울 뿐이다.

온전히 내 덕으로 또는 나 때문에 벌어지는 결과는 없다고 생각하는 겸손함이, 오만과 자책이라는 마음의 병에서 벗어나게 해줄 것이다.

모르는 건 창피한 일이 아니다

모르는 건 전혀 창피한 일이 아니다. 모르는 건 배움으로써 알 수 있기 때문이다. 배움의 과정에서 지혜를 얻을 수 있고, 앞으로 나아갈 수 있기 때문이다. 하지만 자신이 모른다는 사실을 인지하지 못한 채, 다 안다고 생각하는 건 참 안타까운 일이다.

자신이 무지하다는 것을 모르는 사람은, 자신의 눈앞에 널려 있는 새로운 기회를 시시하게 생각하고, 자신에게 일러주는 천금과 같은 이야기를 사소하게 생각한다. 결국, 다 안다는 착각으로 인해 그들에게 남는 건, '나는 다 알고 있습니다.'라는 착각에서 비롯된 오만한 태도, 그뿐이다.

모르는 건 창피한 일이 아니다.

아무것도 모르지만, 자신이 다 안다고 생각하는 게
정말 창피한 일이다.

기대에 부응하지 않는 삶

'타인이 기대하는 나'와 '나'는 다르다. 더군다나 사람마다 나에게 기대하는 바가 다르다. 이 사람은 내게 이걸 기대하고, 저 사람은 내게 저걸 기대한다. 타인의 기대를 충족시키는 삶을 사는 게 쉽지 않은 이유다.

타인의 기대를 무시하고 살아가는 것 또한 쉬운 일은 아니다. 타인의 기대를 저버리는 삶을 살기 위해선 매번 그들의 시선과 맞서 싸워야 한다. 날 향해 틀리다고 말하는 그들의 주장을 반박해야 한다. 그 싸움이 힘들어 타인의 기대에 맞춰 살아가는 걸 택하는 사람도 있다. 차라리 그게 맘 편하다고 생각하기 때문이다.

하지만 타인의 기대에 맞춰 살아가다 보면, 정체성의 혼란이 오는 시기가 발생한다. 타인이 기대하는 내 모습이 본래의 나인지, 본래의 내 모습을 타인이 기대했던 것인지 헷갈리게 된다. 본래의 내 욕망이 무엇이었는지 점차 희미해진다. 그러다 나조차도 내가 누군지 모르게 될 때쯤, 요즘 흔히 말하는 '현타'가 세게 몰아친다.

나는 타인의 기대를 충족시키기 위한 삶을 살기도 했고, 내가 원하는 삶을 살기도 했다. 그 과정에서 타인이 실망하는 삶을 사는 것보다, 내 정체성의 혼란을 겪으며 현타를 맞는 게 더 힘든 삶이라는 걸 깨달았다. 그래서 '타인이 기대하는 나'를 버리고 '나'로서 살아가기로 했다. 남들이 날 틀렸다고 해도, 내가 원하는 선택을 하기로 했다. 그런 모습에 누군가가 떠나간다면 시원하게 보내주고, 그래도 나를 이해해주는 사람들을 곁에 남기기로 했다. 그렇게 '타인이 기대하는 나'와 '나'의 차이를 줄여갔다.

그 삶이 쉽지는 않았다. 하지만 더 나은 길이라고 생각했기에 그렇게 살아왔다. 타인의 기대 때문에 나를 잃어버리는 건, 위험한 일이니까. 타인의 기대에 부응한다는 이유로 나 자신을 위험에 빠뜨리는 건 어리석은 일이니까.

나가면서

나는 항상 행복하기를 바랐다. 하지만 삶은 그렇지 않았다. 오히려 고통의 크기가 더 크게 느껴지고, 고통의 빈도가 더 잦은 것처럼 느껴질 때도 있었다. 삶엔 행복한 순간보다 무료하고, 고통스러운 순간이 더 많았다. 인생은 고통이다, 라는 말을 부정하기 힘들 때가 있었다. 적어도 내 삶은 그랬다.

하지만 그런 과정에서도 행복한 순간은 분명히 존재했다. 아무리 힘든 상황에서도 웃을 수 있는 순간은 있었다. 고통스러운 삶 속에서도 행복한 순간은 피어났다. 시멘트 바닥 사이에서도 꽃을 피우는 민들레처럼.

우리는 한쪽 끝에는 고통, 한쪽 끝에는 행복이 존재하는 인생이라는 시소 위에 서 있는 게 아닐까 생각했다. 행복을 잡으려 다가가면 고통이 튀어 오르고, 고통의 순간이 너무 길다 싶으면 행복이 튀어 오르는, 그런 인생. 좀처럼 균형 잡기 힘든 시소 같은 인생에서, 각자의 짐을 짊어지고 나아가는 게 우리의 삶이 아닐까 싶었다.

삶은 마냥 행복하지만은 않을 것이다. 어떻게 살아야 할지 몰라 막막한 순간도 있을 것이고, 하고 싶은 일이 있어도 힘든 상황 때문에 내려놓아야 하는 순간도 있을 것이다. 그런 상황에 지쳐 내가 바라던 삶이 멀어져가는 것만 같은 순간도 있을 것이다. 삶은 내게 왜 불행만 가져다주는가, 도대체 왜, 라는 의문을 품게 할 것이다.

하지만 그런 삶 속에서도 한 가닥의 새하얀 실을 찾아, 그 실로 내 삶을 꿰어 나가고 싶다. 검은 멍 위를, 붉은 상처 위를 그 실로 꿰어 나가며, 내 삶을 살아가고 싶다. 그리고 삶의 마지막에 다다랐을 때, 내 삶 전체를 돌이켜 보며 이렇게 말할 수 있는 사람이 되고 싶다.

그럼에도 불구하고 내 삶은 참 행복했어, 라고.

매일 행복할 순 없잖아요.

반짝이는 날도, 무미건조한 날도,
행복한 날도, 고통스러운 날도,
평온한 날도, 불안한 날도,
모두 삶의 일부분인 걸요.

행복과 불행이라는 시소 위에서
어느 한쪽으로 너무 치우치지 않도록
끊임없이 균형을 잡아가는 게 인생인 걸요.

오늘의 불안이 내일의 평온함으로,
오늘의 무료함이 내일의 반짝임으로,
오늘의 고통이 내일의 행복으로 바뀔 거라 믿고
천천히 앞으로 나아가는 거죠.

인생이라는 시소 위에서
삶의 무게를 짊어지고 앞으로 나아가는
당신의 삶을 진심으로 응원합니다.

시소 인생

초판 1쇄 발행 2021년 7월 11일
초판 5쇄 발행 2024년 9월 10일

지은이 강주원
펴낸이 강주원
펴낸곳 비로소

이메일 biroso_publisher@naver.com

등록번호 2019년 9월 10일(제2019-000030호)

ISBN 979-11-966565-6-0 03810